KB117498

인생 쉼표 하나...

인생 쉼표 하나...

지은이 이문희
펴낸이 임상진
펴낸곳 (주)넥서스

초판 1쇄 인쇄 2018년 9월 20일
초판 1쇄 발행 2018년 9월 25일

출판신고 1992년 4월 3일 제311-2002-2호
10880 경기도 파주시 지목로 5
Tel (02)330-5500 Fax (02)330-5555

ISBN 979-11-6165-483-6   03810

www.nexusbook.com

,
인생
쉼표
하나...

글·그림 이문희

넥서스BOOKS

그럼에도 불구하고,
삶은 축복입니다

은퇴는 쉬운 일이 아니었습니다. 남들보다 조금 이른 은퇴를 앞두었을 때는 정말 많은 고민이 있었습니다. 여생 동안 뭘 하며 살아야 하지? 바쁘게 달려온 인생이 이렇게 갑자기 멈추어서도 되나? 과연 지금이 멈추어야 할 때가 맞는 걸까? 쉬어도 될 만큼 충분히 했나! 한두 가지, 하루이틀 고민한 것이 아닙니다. 그럼에도 불구하고 답은 한결같았습니다. '그만 물러나자!' 모두가 반대했지만 오직 한 사람, 아내가 찬성했습니다. 아내는 "당신은 쉴 자격이 있다"라고 말해 주었습니다. 지금 생각해도 선뜻 동의해 준 아내에게 너무 감사합니다.

누구나 올라가면 내려올 때가 있습니다. 누군가는 내리막을 부정하고, 또 누군가는 내리막을 '쇠퇴'라고 단정합니다. 하지만 내려오지 않는 삶, 절정에서 끝나는 삶이 행복이라고는 생각지 않습니다. 올라간 길을 멋있게 내려오는 것이 또 다른 축복이라고 믿습니다. 다만, 억지로 밀려서 내려오는 것을 항상 경계했습니다. 스스로, 평생의 동반자였던 아내의 손을 잡고 기품 있게 내려오는 것! 그것이 내가 부렸던 마지막 사치입니다.

그림은 마음속 깊이에서 꿈틀대던 나의 마지막 꿈이었습니다. 하나님께 부름을 받고 쉼 없이 달려온 길에서는 차마 욕심을 내지 못했습니다. 하지만 내리막에서 하나님은 마지막 꿈을 이룰 수 있게 환경을 열어 주셨습니다. 내려오는 길이 심심하지 않게 하나님께서 배려하셨다고 믿습니다. "수고하였다, 내 종아!"라고 말씀해 주시는 것 같습니다. 미천한 실력이지만 진심이 느껴지길 바랍니다. 전문가의 눈으로 본다면 부족하겠지만 '은퇴한 목회자의 마지막 진심'으로 봐주시면 좋겠습니다. 그림과 글 안에서 경계한 것이 있다면 '자만과 거짓'입니다. 그 두 가지를 빼려고 노력하며 엮어낸 글과 그림입니다.

간혹은 인생이 전혀 아름답게 느껴지지 않았습니다. 목회자로서 고통으로 일그러진 삶을 만나야 할 때가 많았습니다. 하나님은 천하만물을 창조하시고 "보기에 심히 좋았더라"고 말씀하셨지만, 내가 목도한 인생은 그렇지 않을 때가 적지 않았습니다. 하지만 다시금 깨닫게 됩니다. 삶은 축복입니다! 하나님께서 지으신 것 중에 유일하게 사람만이 '사랑'을 할 수 있습니다. 하늘과 바람, 산과 바다, 아내와 자녀 원하는 모든 것을 사랑할 수 있습니다. 마음만 먹으면 우리가 사랑하지 못할 것은 없습니다. 그러니 어떻게 축복이 아닐 수 있습니까? 단언컨대, 삶은 축복입니다!

그러니 살아 있는 동안 최선을 다해 사랑하십시오. 삶이 축복임을 깨닫게 될 것입니다. 단, 사람이 만든 것을 사랑하기보다 하나님이 주신 것들을 사랑하십시오. 하나님이 주신 것들은 머리털 하나라도 하찮은 것이 없습니다. 이 책을 통해 이야기하고자 했던 것은 이게 전부입니다. 하나님이 만드신 모든 것은 사랑받아 마땅하다는 사실!

책을 내기까지 함께해 주신 하나님께 감사드립니다. 묵묵히 곁을 지켜준 아내, 책이 나오기까지 물심양면 도움을 주셨던 넥서스 여러분과 기쁨을 함께 나누고 싶습니다.

제주도에서 이문희

，
차
례

3 장

하늘에 여백을 그리다

4 장

하늘, 바람, 그리고 우리

풍요 속 빈곤이라 했던가. 어렸을 때보다 훨씬 살기는 좋아졌지만,

상대적으로 가난한 마음을 품고 살아가는

젊은이들의 축 늘어진 어깨를 자주 대면한다.

한 사람 한 사람 찾아가 처진 어깨를 토닥토닥 두들기며,

"괜찮다. 괜찮다" 격려해주고 싶은 마음이 가득하다.

1 장

걸어온 길을 응시하며

깔고 죽은 돈

목회를 하다 보면, 한 사람이 태어나서 죽기까지의 전 과정을 함께 하는 경우가 있다. 그중에서도 '죽음'은 많은 생각을 하게 만든다. 요즘이야 장례식장이 잘 되어 있지만 불과 수십 년 전만 해도 대부분 집에서 장례를 치렀다. 심지어 병원에서 돌아가셔도 집으로 모시던 시절이었다. 그러다 보니 목회자가 장례의 모든 절차를 관여하기도 했다.

부임한 지 채 몇 년이 지나지 않아 전화를 한 통 받았다. 아주 무더운 날이었고, 아내가 죽었다는 전화였다. 신앙은 연약했지만 장례만은 목사가 집례해 주기를 원했다고 했다. 다음 날, 장례 담당자들과 함께 시신을 염하기 위해 방문했다. 예배를 마치고 시신의 옷을 벗기는데, 날이 더워서 그런지 냄새가 유난히 고약했다. 한두 번 해본 일이 아니었지만 쉽지 않았다. 겉옷을 겨우 벗기고 속옷은 잘라내었다. 그런데 이게 웬일인가. 속옷에서 돈 뭉치가 툭 하고 떨어진 것이다. 나는 물론, 장례 담당자들과 유가족이 모두 놀랐다.

1만 원짜리 지폐 여러 장과 10만 원 수표 여러 장이 다림질된 것처럼 빳빳하게 접혀서는 속옷 안 주머니에 숨겨져 있었다. 고인은 속옷 안에 비밀의 주머니를 만들어 그곳에 돈을 숨겨 놓았다가 그대로 죽게 된 것이다. 그날 염을 하다 말고 여러 생각에 잠겼던 기억이 난다. 대체 돈이 뭐라고, 이렇듯 꽁꽁 숨겨 놓고, 그대로 깔고 누워 죽었을까.

고인은 대체 무엇을 위해 살고, 삶이 뭐라고 생각했을까.

목회를 하면서 참 많은 임종을 보았다. 그래서인지 마지막 모습이 고인의 삶을 대변해 준다고 해도 과언이 아님을 안다. 한 1년 전, 목회를 하다 하나님의 부르심을 받은 친구는 먼저 천국으로 간다는 듯 편안한 미소를 띠고 떠났다.

우리도 삶을 돌아봐야 한다. 지금 무엇을 위해, 무엇을 향해 달려가고 있는가. 우리는 죽음 앞에 겸허해질 수밖에 없다. 지금의 삶이 죽은 후 우리의 모습이다. 가족과 친구들 앞에 어떤 모습으로 남고 싶은가.

당신의 삶이 곧 당신의 유언이 될 것이다.

유난히도 추웠던 겨울

작년 겨울, 유난히 추웠다. 시베리아 한파가 한반도를 기습하여 '서
베리아'라는 신조어가 생길 정도로 매서웠다. 그런데 추위만큼 세
계 경제의 불황이 계속되며, 우리의 주머니 사정도 좋지 않은 상황
이 되었다. 그래서인지 작년 겨울은 더욱 춥게 느껴졌다.

　　나의 고향은 경상북도 포항시 영일만이다. 우리나라에서 해가
제일 먼저 뜬다고 알려져 있다. 매년 새해가 되면 뉴스를 장식하곤
하는 커다란 손 조각상이 세워진 곳! 그러나 멋진 풍광과는 다르
게 늘 바다 바람이 불어서인지 참 추운 곳이다.

아버지는 어판장에서 생선 도매업과 함께 직접 어로 사업도 하시는 선주셨다. 덕분에 어릴 적 나는 아버지를 찾아오라는 어머니의 심부름으로 자주 어판장에 갔었다. 바다에서 시작하여 전봇대 사이로 불어오는 이 빠진 칼바람이 어린 나를 스치고 지나갈 때면, 솜털 가득했던 얼굴이 쓰라렸던 기억이 새록새록 피어오른다.

요즘 젊은이들은 잘 모르겠지만 내가 국민학교(초등학교)를 다닐 때만 해도 교실 중앙에는 나무 장작이나 조개탄을 때는 난로가 있었다. 겨울 아침이면 우리는 마치 육상경기라도 하듯 학교를 향해 전력 질주하곤 했다. 일찍 교실에 도착해야 난로의 가장 좋은 자리에 내 양은 도시락을 올려놓을 수 있었고, 점심에 따뜻한 밥을 먹을 수 있었기 때문이다.

머리가 훤하게 벗겨지신 마음씨 좋은 담임 선생님은 우리의 경쟁을 부추기듯 "오늘은 아무개가 일등이네. 내일은 누가 일등 할래?" 하시면서 먼저 교실에 들어온 순서대로 아이들의 도시락을 좋은 자리에 올려놔 주셨다.

겨울연가 | 남이섬

그때는 왜 그리 배고프고 추웠는지 모르겠다. 먹고 또 먹어도 배가 고프고, 입고 또 입어도 추웠다. 그러나 마음씨 좋은 선생님과 제비 새끼들처럼 모여 재잘재잘 떠드는 친구들, 변변한 반찬도 없고 넉넉하지는 않았지만 함께 나누어 먹던 점심 도시락이 있어서 참 행복했다. 더불어 점심 때마다 먹었던 급식 빵.

지금이야 그 빵을 누가 먹을까 싶지만, 그때는 너무나도 소중했던 최고의 간식이었다. 이 모든 것들을 생각하면 마음 저 깊숙한 곳에서부터 온기가 올라오는 것 같다. 당신에게도 이런 추억이 있는지 묻고 싶다. 생각만 해도 입꼬리가 올라가고 마음 한편이 풍요로워지는 그런 추억 말이다.

요즘 들어 참으로 마음이 아픈 건 바로 이런 이유 때문이다. 풍요 속 빈곤이라 했던가. 어렸을 때보다 훨씬 살기는 좋아졌지만, 상대적으로 가난한 마음을 품고 살아가는 젊은이들의 축 처진 어깨를 자주 대면하기 때문이다. 한 사람 한 사람 찾아가 처진 어깨를 토닥토닥 두들기며, "괜찮다. 괜찮다" 격려해주고 싶은 마음이 가득하다.

상대적이지 않은, 마음속 깊이 자리 잡는 자신만의 절대적인 행복을 찾을 수 있으면 참 좋겠다. 그렇다면 주변이 어떻게 변하더라도 마음이 따뜻하고 행복한 세상이 되지 않을까. 어릴 적 교실에 있던 난로처럼, 낡고 녹슬었지만 떠올리기만 해도 훈훈해지는 그런 추억이 우리의 마음속에 있다면 말이다.

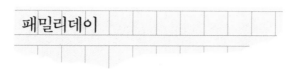

패밀리데이

내게는 세 자녀가 있다. 여느 가장들처럼 열심히 벌어서 힘껏 키웠다. 하지만 가끔은 아쉬움이 남는다. 내가 조금 더 나은 가장이었으면, 우리 아이들이 더 좋은 환경에서 풍요롭게 자랐을 텐데 하고 말이다. 아마도 우리나라 가장이라면 한번쯤은 다 해보았을 생각이다. 그러나 요즘 자주 뉴스에 나오는 재벌가의 가정사를 보면, 좋은 환경이 비단 돈과 권력만의 문제는 아닌 것 같다.

이제는 학부모가 된 큰 아이가 자신의 아이를 보면서 이런 말을 했다.

"아빠, 내가 자라면서 언제가 가장 행복했는지 알아?"

"글쎄."

"가장 행복했던 기억은 월요일마다 했던 패밀리데이야."

패밀리데이!

나는 보통의 아빠들과 달리 언제나 아이들과 놀아줄 수 없었다. 특히 아이들이 아빠와 어울려 노는 주말에는 우리 아이들은 더 서운했을 것이다. 나는 아이들이 바쁜 평일에 여유가 생기니 우리는 물과 기름처럼 따로 놀 수밖에 없었다. 그래서 아내와의 상의 끝에 만들어낸 것이 '패밀리데이'였다.

무슨 일이 있어도 월요일 저녁에는 가족과 외식을 하는 것이다. 그렇다고 비싼 레스토랑 같은 데서 근사한 저녁을 먹었던 게 아니다. 동네 분식집에서 떡볶이나 사먹고 돌아오는 정도였다. 그리고 집에 돌아와서도 각자 방에서 자지 않고 거실에 이불을 깔고 온 가족이 누워 도란도란 이야기를 나누었다. 동화나 성경 이야기를 해주기도 하고, 아이들이 학교에서 있었던 일이나 고민을 들어 주었다. 그러다가 함께 스르륵 잠이 들었다.

큰 아이는 지금도 그때를 생각하면 너무 좋아서 코끝이 찡하다고 한다. 누구에게나 소중한 추억이 하나쯤 있을 것이다. 우리는 너무 연약하고 미천하지만, 당장의 일에만 급급할 게 아니라 기억한 편에 있는 작은 추억을 꺼내 들여다 본다면 조금은 힘이 나지 않을까. 현재의 상황과 여건을 떠나 꽁꽁 얼어붙은 마음을 조금은 녹일 수 있지 않을까 싶다!

꿈은 소 돌보듯 하자

젊은이들이 가장 많이 듣고 쓰는 말이 있다면 Fun(재미, 장난)이 아
닌가 싶다. 그래서인지 텔레비전 프로그램도 흔히들 말하는 예능
으로 도배되어 있다. 예능을 할 줄 모르는, 소위 재미없는(?) 사람
은 잘나갈 수가 없는 사회가 됐다. 예전에는 연예인 하면 나름의
'신비함'이 있어야 했는데, 이제는 망가지고 깨지며 부서져야 잘나
가는 시대다.

얼마 전 텔레비전에서 '먹방'을 보게 되었다. 개그맨 세 명과 개
그우먼 한 명이 일명 '맛집'을 찾아가 음식을 맛있게 먹는 프로그램

이다. '사람이 저렇게 많이 먹을 수 있구나!' 감탄이 절로 나올 정도로 출연자들은 정말 잘 먹었다. 그저 많이만 먹는 것이 아니라 맛있게 먹었다. 그 정도 먹었으면 종일 굶어도 될 것 같은데, 다른 식당으로 옮겨서 또 먹었다.

그중 한 개그맨이 자신은 고등학생 때는 날씬했다고 말했다. 실제로 그의 학창시절 사진을 보니 꽤 평범한 체형이었다. 그런데 많이 먹기 시작하니 위가 늘어나서 많이 먹는 몸이 됐다고 한다. 과연 그렇게 먹어도 괜찮은 걸까? 그들의 몸이 어떻게 되든 재미있으면 된 건가?

한 여자에게 왜 그 남자와 결혼하려느냐고 물었다가 "재미있어서"라는 답을 들은 적이 있다. 결혼도 재미로 하는 시대가 된 것인가. 하기야 인생을 사는 데 재미가 없으면 안 되지! 하지만 'Fun'이 사람들로 하여금 진지함을 저어하게 만드는 것 같다.

젊은 친구들에게 꿈과 인생, 죽음에 대해 말하면 대부분의 반응이 "왜 그렇게 재미없는 얘길 하냐"는 것이다. 소중한 가치들에 대한 고민이 따분하고 지루한 것이 됐다. 삶의 중요한 가치들은 우리의 삶을 풍요롭게 만들며 깊이를 더해주는 선물이다.

기다림1 | 해바라기

성경에는 '꿈'에 특화된 요셉이라는 인물이 나온다.

요셉은 야곱의 열두 아들 중 열한 번째 아들이다. 어느 날 꿈을 꾸고는 가족과 나라를 일으킬 미래를 꿈꾸게 됐다. 하지만 그때부터 형들이 그를 불편하게 여겼다. 꿈이 없을 때는 잘 지내다가, 요셉이 꿈을 갖자 갈등이 생겼다. 이후 형들의 손에 의해 애굽에 노예로 팔렸다가 감옥에 가게 되고, 여러 고난을 겪지만 결국은 어린 시절의 꿈처럼 가족과 나라를 구하게 된다.

결과적으로는 꿈이 이뤄졌지만 요셉은 꿈 때문에 고난을 겪었다. 특별한 꿈이 없었다면 평범하고 무난하게 잘 살았을지 모르는 일이다. 어쩌면 이래서 사람들은 지레 꿈을 꾸지 않는 것일지도 모른다. 남들과 다른 길에는 뭐가 있을지 알 수 없으니까.

간혹은 바르고 정직하게 사는 꿈을 가졌다는 이유로 주변 사람들이 불편해 하기도 한다. 또한 적당히 타협하면서 굳이 심각하지 않는 것이 잘 사는 것처럼 보이기도 한다. 혼자 유난을 떨 이유가 없어서 '꿈'이라는 단어가 더 낯설어지는지도 모른다.

이스라엘의 왕이었던 솔로몬은 말했다.

"소가 없으면 구유는 깨끗하려니와 소의 힘으로 얻는 것
이 많으니라"_잠언 14:4

소가 없으면 얼마나 편하고 좋겠는가. 풀을 벨 필요도, 새벽에
일어나 여물을 준비할 필요도, 냄새 나는 구유를 청소할 필요도
없으니 말이다.

꿈이 꼭 소와 같다. 가꾸고 돌보지 않으면 소용이 없다. 그리고
재미와 바꾼 한낮의 수고로움은 언젠가 반드시 힘이 돼 돌아온다.

'Fun'도 좋다. 울상으로 살 이유가 없다. 하지만 내일을 생각하
지 않는 '재미'에는 한계도 있다.

잃어버린 시간

서른 초반, 서울에 있는 작지 않은 교회에 담임목사로 부임을 했을 때다. 목사 안수를 받은 직후였다. 친구들은 부목사 자리를 잡기 위해 애쓸 때 담임목사가 되었으니 말로 표현할 수 없을 정도로 기뻤다. 하지만 기쁨도 잠시, 엄청난 부담감이 엄습했다. 오로지 최선을 다하는 수밖에 없었다. 첫 안식년을 위해 한국을 떠날 때까지 하늘 한 번 제대로 올려다 본 기억이 없다.

새벽 4시면 일어나 도둑고양이처럼 뒤꿈치를 들고 살금살금 집을 나섰다. 밤 늦게 귀가하면 아이들은 이미 잠든 날이 태반이었다. 그렇게 안 하면 죄라도 짓는 것처럼 매일 그렇게 살았다. 그러다가 첫 안식년에 세상에서 가장 아름다운 곳 중 하나라는 캐나다의 밴프국립공원(Banff National Park) 근처 캘거리(Calgary)로 갔다. 그런데 이상하게도 그 아름다움이 눈에 들어오지 않았다. 다시 공부를 시작했고 안식년은 '안쉴년'이 됐다.

캘거리는 우리나라와 달리 차가 없으면 꼼짝을 할 수 없는 곳이었다. 그런데도 공부를 한다는 이유로 매일 차를 끌고 나갔다. 집에 남아 있는 가족들은 발이 묶여 당황스러웠을 것이다. 지금 생각해도 얼굴이 화끈거린다.

어느 날 저녁, 큰 아이가 심각한 얼굴로 말했다.

"아빠는 지금까지 교회와 교인들만 위해 살았죠. 우리를 위해선 뭘 하셨나요? 몇 시간이고 교인들을 위해선 성경을 가르쳐도, 정작 제게 성경을 가르쳐 주신 적이 있나요?"

망치로 한 대 얻어맞은 기분이었다. 생각해보니 교회에 처음 부임했을 때는 첫째가 초등학교 1학년이었는데 곧 중학생이었다.

초등학생이 중학생이 되기까지 나는 목회만 하면 된다고, 그것이 인생의 전부인 것처럼 앞만 보고 달린 것이다. 그날 밤 한숨도 못 자고 뒤척이다 아침 일찍 등록을 취소했다. 그리고 남은 시간은 가족들을 위해 보내리라 결심했다.

여한이 없을 정도로 가족과 여행을 하고 외식을 했다. 오직 가족만을 위해 1년을 보냈다. 어쩌면 가족을 위해 산 것이 아니라 잃어버린 가족을 다시 찾은 것이고, 앞만 보고 달리다 잃어버릴 뻔했던 소중한 보물의 존재를 깨달은 것이다. 정말 소중한 가치를 옆에 두고도 잃어버릴 수 있다는 걸 알았다.

지금 중요한 뭔가를 흘리며 지나가는 건 아닌지, 가던 길을 멈추고 돌아보길 바란다. 정말로 중요한 것들을 너무 오랫동안 잊고 지내지 않기를!

열어야 비로소 보이는

20세기 중반에 태어나 젊음을 불태우며 살았던 우리 세대는 행운인지 불행인지 21세기가 돼서도 활동하게 되었다. 일종의 '세기 이민자'가 된 것이다. 두 세기를 걸쳐서 활동한다는 건 특별한 경험이지만 마냥 좋아할 일도 아니다. 변화와 속도를 따라가는 게 여간 괴로운 일이 아니기 때문이다.

4차 산업혁명이니, AI(인공지능) 시대니 하는 뉴스를 보고 있자면 새로운 시대에 적응하지 못하는 꼰대로 남는 건 아닌지 겁이 나는 것도 사실이다.

우리나라에는 155마일에 달하는 휴전선이 있듯, 독일에도 베를린 장벽이 있었다. 베를린 장벽은 그리 높지도 우리 휴전선처럼 살벌하지도 않았다. 그럼에도 불구하고 장벽이 무너지기까지 얼마나 많은 사람이 희생되었는지 모른다. 하지만 장벽은 무너졌고, 혹자는 20세기 최고의 작품은 '무너진 베를린 장벽'이라고도 한다.

그렇다면 21세기 걸작품은 무엇이 될까?

『단속사회』(창비)를 쓴 엄기호 작가의 말처럼, 우리의 현실은 접속과 차단을 반복하지만 결국 '닫힌 사회'로 가고 있다. 그렇기에 21세기에 나와야 하는 걸작품이라면 '열린 마음'을 대변해야 하는 게 아닐까. 저마다의 영역과 각자의 한계가 분명한 사회에서 담은 허물 수 없다고 해도 출입문 정도는 열고 살아야 되지 않을까.

'극과 극은 만난다'는 말이 있다. 이 말에 따르면 너무나 다른 디지털과 아날로그도 만나서 함께 갈 수밖에 없다. 시대는 달라도 동일하게 '마음'을 갖고 있으니, 그 문을 열면 우리가 놓치는 것도 보이지 않을까.

강릉선교장1 │ 넉넉한 주인의 마음씨처럼 사랑방의 문 하나를 열어서 그렸다.

지인들과 강릉에 갔다가 '강릉선교장'이라는 곳을 방문했다. 그때의 감동은 지금도 잊을 수가 없다. 나를 감동시킨 것은 아흔아홉 칸이나 되는 넓은 집이나 아름드리 소나무로 잘 꾸며진 정원이 아니었다. 활짝 열어 놓은 문이었다. "참 잘 오셨다. 당신이 오기를 오랫동안 기다렸다"고 말하듯이 두 팔 활짝 벌리고 환영하는 것 같아 감동이었다.

무거운 가방을 메고 험산 준령을 넘은 사람에게도, 성난 파도를 헤치며 노를 저어 온 뱃사람에게도, 장터를 돌다 들른 장돌림에게도 차별 없는 주인의 목청 좋은 소리가 들리는 것 같았다.

"수고하고 무거운 짐 진 자들아 다 내게로 오라 내가 너희를 쉬게 하리라"_마태복음 11:28

길게 늘어선 사랑방에서 얼마나 많은 사람들이 쉬어 갔을까. 마음씨 좋은 주인은 우리가 일주일 간 묵을 수 있도록 배려해 주었다. 강릉선교장을 그릴 때는 방문 하나를 활짝 열어두기로 했다. 그렇게 그려야 이곳에 맞을 것 같아서였다.

우리 마음도 이렇듯 열어 놓고 지낼 수 있으면 얼마나 좋을까 싶었다. 바람도 쐬고 계절이 가는 것도 보고, 마음 맞는 사람 있으면 차 한잔에 얘기도 나누고 말이다. 빠르게 가기만 한다면 어디로 가고 있는지조차 잊어버릴 수 있다. 또 가속도가 붙을수록 정작 중요한 것을 놓칠 수도 있다!

　　'방향이 틀렸다면 속도는 소용이 없다'는 말을 기억하자. 마음의 문을 열고 지금이 아니면 지나가버릴 것들을 음미하자.

환영 | 강릉선교장2

캐나다1. 간섭이 아닌 배려의 품위

1996년 첫 안식년을 맞아 캐나다로 갔다. 외국 생활 경험이 전혀 없던 내게는 다소 두려운 여정이었는데, 캐나다 밴쿠버에 도착해 비자를 받고 다시 최종 목적지인 캘거리로 가는 길이었다.

　밤새도록 보채는 4개월 늦둥이를 달래면서 겨우 밴쿠버에 도착했다. 곧바로 다시 비행기를 타야 했기에 뛰다시피 하며 이민국으로 갔다. 생각지도 못한 긴 줄이 늘어서 있었다. 지친 막내가 결국 울음을 터뜨렸다. 아이 울음소리가 점점 커지자 이민국 직원이 우리를 불렀다. 아이가 너무 힘들어 하니 먼저 해주겠다는 것이다. 이 경험으로 인해 캐나다의 첫인상은 '감동'이 되었다.

아이를 키워 본 사람은 다 알겠지만, 예방접종은 때를 놓치면 안 된다. 사회보장번호(Social Security Number, SSN)를 못 받은 우리에게 닥친 시급한 문제가 아이의 예방접종이었다. 지인의 권유로 아내와 나는 인근의 헬스케어센터로 갔다.

예방접종 관련 상황을 영어로 말하려고 준비해 갔지만, 영 익숙하지 않았고 보험카드도 없는 우리는 두려움이 앞섰다. 긴장한 채로 나는 대기실에 남았고 아내는 아이와 진료실에 들어갔다. 아내도 긴장한 게 분명했다. 그런데 한참 만에 나오는 아내의 얼굴이 상기돼 있었다.

"정말 감동이야! 내가 아이 기르는 엄마라는 사실에 자부심을 갖게 만들어 주었어."

직원이 보험의 유무와 상관없이 아이를 위해 일일이 적어가며 아내에게 설명해주고 세심하게 배려해 주었다는 얘기였다. 이후로도 캐나다는 감동의 연속이었다.

늦둥이를 제외하고 두 아이를 학교에 보낸 지 한 달쯤 되었을 때, 아이들이 교장 선생님의 편지를 가져왔다. 학부모 면담이었다. 가슴이 철렁했다. 그때는 조기 유학도 생소해 학교에 한국 학생은 우리 아이들뿐이었고, 우리는 영어도 서툴렀다. 내 또래는 공감하겠지만 우리는 영어로 말하는 훈련을 제대로 받지 못했다. 그러니 상대가 내 영어를 알아듣지 못할 수도 있다는 사실은 큰 두려움이었다. 그러니 가슴이 답답할 수밖에!

알아듣지 못하더라도 할 말은 다해야겠다는 생각에 영어 문장을 외우고서 해당 날짜에 학교를 방문했다. 그런데 교장 선생님이 우리 부부를 얼마나 반갑게 맞아주시던지! 뿐만 아니라 우리를 배려해 통역하는 사람까지 부르셨다. 얼마나 감동인가.

캐나다에서 진짜 선진국은 '다른 사람을 배려하는 사회'라는 것을 깨달았다. 배려는 간섭과 다르다. 한번은 타운 하우스가 익숙하지 않았던 내가 차고의 자동문을 고장 낸 적이 있었다. 한국에서 그 비슷한 것도 보지 못했던지라 고장을 내고 말았는데 아무리 애를 써도 문이 닫히지 않았다.

얼마 전에 옆집으로 이사를 온 은퇴한 백인 노부부가 내 모습을 지켜보고 있다가 도움을 요청하자 기꺼이 도와주었다. 도움이 필요한 것을 알았지만 도움을 요청할 때까지 지켜봐준 것이다. 그 노부부를 통해 배려와 간섭의 차이가 무엇인지 배웠다. 그들의 작은 배려는 곧 품위로 느껴졌다. 그리고 나도 간섭이 아닌 배려를 해야겠다고 다짐하게 됐다.

간혹은 도움을 '적선'처럼 여기는 사람들이 있다. 도와준다고 하지만 알고 보면 '간섭'인 경우도 종종 있다. 작은 차이가 감동이 되고 배려가 되는 법이다. 핵심은 '상대방의 필요'다. 상대방의 필요를 살펴서 도와주는 게 진정한 도움이다.

빵점 아빠

우리 집에는 첫째와 띠동갑이 되는 늦둥이가 있다. 우리 부부는 자식 욕심이 없는 편이라 두 딸만으로 충분히 만족했는데, 부모님은 그렇지 않으셨던 모양이다. 부모님은 아들 손자가 하나 있었으면 하는 아쉬움에 10년 이상을 기도하셨다. 정작 당사자인 우리 부부는 아무 생각이 없었는데도 말이다. 묵묵히 이어졌던 부모님의 기도 덕분이었는지 아내에게 뒤늦게 아이가 생겼다.

　문제는 또 있었다. 아들이 아니면 부모님이 얼마나 실망하실까 걱정이 앞섰던 것이다. 아이를 갖고도 한동안은 말할 수가 없을 정도였다. 그러다 더는 숨길 수 없게 됐을 때 조심스럽게 말씀을 드렸다. 그랬더니 하시는 말씀이 "주문 생산이니 염려하지 말라"는 것이다. 그렇게 태어난 소중한 아이가 우리집 늦둥이였다.

하지만 늦둥이에게는 아버지로서 늘 죄스러움이 있었다. 아빠의 역할을 충분히 다하지 못했기 때문이다. 나는 보통 가장들과 달리 주말에 더 바쁘다. 그러다 보니 늦둥이와 놀아준 기억이 거의 없다. 그렇다고 평소에 잘 놀아주는 것도 아니다. 처음부터 아이들과 노는 법을 잘 몰랐기 때문이다.

게다가 늦둥이 또래의 아빠들보다 훨씬 더 늙었으니, 늦둥이도 말은 안 했지만 고민이 많이 있었을 것 같다. 늦둥이가 중학교에 갔을 때 내가 학교에 가보고 싶다고 하니 조심스럽게 말하는 것이 아닌가.

"아빠 학교에 오시려면 염색을 하든지, 아니면 야구 모자를 쓰고 오세요."

그날 생애 처음으로 아내를 따라 미용실에 갔다. 그리고 아이 바람대로 염색을 했다. 오직 늦둥이를 위해서 말이다. 물론 지금은 빠짐없이 미용실에 가서 염색을 하고 있다. 늦둥이에게 아빠가 해줄 수 있는 몇 가지 안 되는 일이기 때문이다.

나는 가끔 내 인생에 점수를 매겨보곤 한다. 평균치는 되지 않을까 하는 나름의 자신은 있는데, 유독 늦둥이를 생각하면 점수를 깎게 된다. 거의 빵점에 가깝다. 아들이 그렇게 생각하지 않을지라도 아빠로서는 후한 점수를 주기 어렵다. 아들에 대한 솔직한 마음이다.

입시, 치열한 전투

나는 건강상 문제로 고등학교를 4년 동안 다녔다. 고등학교 1학년 때는 고작 15일 수업 받은 것이 다였다. 휴학 기간이 끝났어도 회복되지 않은 탓에 학교를 제대로 다닐 수가 없었다. 하지만 졸업은 시켜야겠으니, 시험 때가 되면 선생님께서 늘 집으로 찾아오셨다.

"문희야, 시험을 치러야 졸업을 한단다. 학교에 가자."

그렇게 최소한의 출석일수를 채우고 백지에 가까운 시험지를 낸 덕에 겨우 졸업을 했으니 대학은 먼 나라 얘기였다.

졸업 후 형님의 권유로 다시 대입에 도전하기 위해 상경하게 됐다. 현실은 만만치 않았지만 굳은 결심을 하고 유명하다는 대입 학원에 등록했다. 하지만 고등학교 1학년 때도 겨우 보름치 공부밖에 못 했으니 학원 수업도 쉽게 따라갈 수는 없었다. 재수, 삼수하는 사람들이 모인 곳이라 기초가 모자란 내게는 수업이 외국어처럼 들렸다.

결국 포기를 선언했다. 그리고 돌아오는 길에 이발소에 들러 머리를 빡빡 밀었다. 집에서 혼자 고등학교 1학년 교과서부터 차근차근 다시 시작했다. 독학을 말 그대로 독하게 했다. 그렇게 6개월이 지나니 교과서가 익숙해졌고 자신감이 붙었다. 그제야 학원 수업도 알아들을 수 있게 됐다.

지금 돌아보면 전쟁 같은 시절이었다. 잠을 자는 건지, 밥을 먹는 건지 모른 채로 지냈다. 다행히 그때는 지금과 같은 수학능력시험이 아니고 본고사라 전 과목을 공부할 필요가 없었기에 대학에 들어갈 수 있었다.

요즘도 입시철이 되면 그때가 생각난다. 사실 지나고 나면 별것도 아닌데, 당시에는 가장 큰 관문 앞에 선 것처럼 무섭게 느껴졌다. 낙방하면 인생이 끝날 것처럼 긴장한 채로 시간을 보냈다. 지금도 나와 같은 마음으로 잠도 제대로 못 자고 전전긍긍하는 친구들이 있을 것이다.

입시, 물론 중요하다. 하지만 시간이 지나면 알게 된다. 인생에는 더 크고 중요한 일들이 많고, 수험생이던 시절이 부러울 정도로 힘든 시기가 있다는 것을. 고사장보다 더 치열한 현장은 없을 것 같겠지만 실상 전투는 시작도 안 했다는 걸 알게 된다.

입시가 아닌, 첫 직장이 진짜 '시작'이라는 말을 해주고 싶다. 사회 앞에 성인 한 사람으로서의 시작이다. 하지만 입시보다 더 크고 어려운 전투가 여럿 기다린다는 것도 미리 말해주고 싶다.

목표를 끝내기보다는 목표를 시작하기 위해 마음을 다잡기를 바란다. 그러면 자연스럽게 긴 미래를 준비하게 되지 않을까.

아직 치러야 할 전투가 많은 청춘들에게 응원을 보낸다!

독일병정의 삶

삼십 대 초반부터 사명을 위해 앞만 보고 뛰기만 했다. 어쩌면 꿈을 이루었다고 해도 과언이 아닌 인생이었다. 그렇다고 아쉬움이 없는 건 아니다. 오로지 사명만 보고 살아서 그런 게 아니고 여유 없이 매분 매초 쪼개며 살았던 것에 대한 아쉬움 같다.

만약 당신이 육십 대라면 공감이 가리라 생각한다. 하지만 삼사십 대라면 조금 갸우뚱할 것 같다. 꿈을 이루기 위해 열심히 살았고, 또 그것을 이루었는데 왜 아쉬움이 남는 것일까.

성경의 전도서에는 이런 말이 있다.

"해 아래에서 수고하는 모든 수고가 사람에게 무엇이 유익
한가"_전도서 1:3

내 삶에는 여백이 없었다. 결혼 전 아내는 데이트를 할 때부터
나를 '독일병정'이라고 불렀다. 빈틈없이 목표를 향해 돌진하는 독
일병사처럼 보인다는 말이었다. 분명 그랬다. 좋게 말하면 채찍질이
지만 꿈을 위해 스스로를 학대했다고 해도 틀리지 않을 것이다.

신학생 시절에는 화장실 갈 때와 점심을 먹을 때를 제외하고
는 책상에서 일어난 기억이 없다. 남들 다하는 족구, 탁구도 한번
치지 않았다. 한눈을 팔면 큰일 나는 줄 알았다. 버스를 타고 한 시
간 반가량 걸려 집으로 돌아오는 중에도 손에서 책을 놓은 적이 없
다. 대학 입시 때보다 더 열심히 공부했다.

이발소나 목욕탕에 가는 시간, 밥 먹는 시간을 아까워하며 살
았다. 이발소에 가기 전에는 시간 절약을 위해 면도를 하고 갈 정도
였다. 목욕탕은 가지 않고 집에서 샤워만 했다. 밥은 늘 5분이면 충
분했다. 아내가 밥을 차려놓고 물을 가져오면, 나는 이미 밥을 다

먹고 일어났다. 아내는 혼자 남아 밥을 먹곤 했다. 과거의 나는 그만큼 목표 지향적인 인간이었다.

그렇게 사는 게 성실하게 잘 사는 삶인 줄 알았다. 그러나 지금 와서 돌아보니 삶의 아름다운 일들을 너무나 많이 놓치고 살았다. 아내가 얼마나 외로웠을까. 얼마나 많은 친구들을 잃어버렸나.

그 덕에 나에겐 큰 장애가 생겼다. 바로 놀 줄 모르는 병이다. 한번은 신학교 교수로 뉴질랜드에 세미나를 간 적이 있다. 자기소개 후에 돌아가며 노래를 한 곡씩 부르기로 했다. 나는 애국가 1절을 불렀다. 생각하면 지금도 얼굴이 화끈거린다.

군 입대 신고식에서 부를 노래를 아내에게 몇 날 며칠 배웠던 기억도 난다. 그때 아내는 '보고 싶은 얼굴'을 열심히 가르쳐 주었는데 결국 끝까지 부르지 못했다.

한국 사람은 다 가봤다는 노래방도 한 번 가보지 못했다. 참 답답하게 살았다. 어쩌면 더는 그렇게 살지 않으려고 은퇴를 남들보다 빨리 했는지도 모른다. 더 늦기 전에 아내와 행복한 시간을 보내려고 말이다. 내 아이들과는 그러지 못했지만, 손자들과는 맘껏 놀아주고 잃어버렸던 친구들도 다시 찾으려고 말이다. 어쨌든 여백 없이 살아온 인생은 그다지 만족스럽지 못하다. 분명 이룬 것들이 많지만 후회도 적지 않다.

아이들은 훌쩍 컸고 아내와 나는 노쇠했다. 시간이 무한정 남지 않았다. 당신에게는 이와 같은 후회가 없기를 바란다.

삶은 아름다운 '소풍'

우리는 모두 인생의 종착역을 향해 가고 있다. 종착역에서 발언 기회가 주어진다면 당신은 무슨 말을 하고 싶은가. 더 구체적으로 묻는다면, 당신이 사랑하는 사람들에게 남기고 싶은 말은 무엇인가.

정말 유명한 천상병 시인(1930~1993)의 「귀천」을 나도 참 좋아한다. 귀천(歸天)은 잘 알듯이 하늘로 돌아간다는 말이다. 시는 "나 하늘로 돌아가리라"로 시작한다. 첫 구절에서 우리의 갈 길이 하늘이라고 분명히 밝힌다. 그리고 우리 모두가 그곳에서 왔다고 말한다. 사실 내가 가장 좋아하는 구절은 마지막에 있다.

처음 이 시를 접하고 시인이 궁금했다. 이 시인은 얼마나 대단한 삶을 살아서 생의 마지막에 이런 말을 할 수 있을까 싶었다. 세상이 아름다웠고, 게다가 '소풍'과 같았다니! 그의 삶이 얼마나 훌륭했던 것일까.

배고픈 시절을 보낸 사람들은 모두 공감할 테지만, 어릴 때 가장 행복한 날이 가을 운동회와 봄 소풍이었다. 김밥과 삶은 계란 같은 특별한 음식을 먹을 수 있었기 때문이다. 특히 소풍 전날에는 가방에 가득한 과자, 빵, 사이다를 생각하며 잠을 청했다. 아침에 엄마가 싸주실 김밥과 삶은 계란을 기대하면서 말이다.

설레서 자는 둥 마는 둥 하고 깨우기도 전에 벌떡 일어난 기억이 누구나 한번쯤 있을 것이다. 모든 걸 다 가진 것처럼 신나는 말이 '소풍'이었다.

사는 게 그런 소풍 같았다는 시인의 삶은 어땠을까. 게다가 하나님 앞에 돌아가서 "내가 살게 해준 세상, 살아보니 어땠냐?" 물으시면 "아름다웠습니다"라고 말한다니, 어떻게 이 시의 주인이 궁금하지 않을 수 있겠는가.

유채밭

천상병 시인은 서울대를 입학해 1949년 등단했다. 평생 명예나 권세, 재산을 가져본 적이 없었다. 세상을 잘 모르는 청년처럼 시만 쓰며 살았다. 동백림 사건에 연루돼 고문을 받은 후유증으로 정신병동에 갇히기도 했다. 다른 사람이 부러워할 만한 것이 그에게는 없었다. 시인의 삶은 아무리 들여다봐도 아름답지 않고 소풍 같지 않다.

하지만 웃으며 "세상이 아름다웠다"고 말하는 시인의 삶을 누구도 '실패'라고 얘기하지 못할 것이다.

나는 부럽다. 세상 마지막 날, 임종을 지켜보는 사람들 앞에서 자신 있게 "세상이 아름다웠다. 마치 소풍 같았다"고 말할 수 있었던 그의 삶이 부럽다. 그리고 나의 임종도 그와 같기를 소망한다.

어쨌든 여백 없이 살아온 인생은 그다지 만족스럽지 못하다.

분명 이룬 것들이 많지만 후회도 적지 않다.

아이들은 훌쩍 컸고 아내와 나는 노쇠했다.

시간이 무한정 남지 않았다.

당신에게는 이와 같은 후회가 없기를 바란다.

2/장

한숨 쉬어가는 자리

살기 위해 양파를 파는 노인

평생을 책과 더불어 살아온 내가 책에 관해 말한다면 끝이 없을 것
이다. 그중 굳이 한 권을 꼽으라면 켄 가이어(Ken Gire)의 『묵상하
는 삶』(두란노)이다.

저자는 미국 남부 텍사스에서 태어나 아버지의 병고와 가난
으로 힘겨운 어린 시절을 보냈다. 책을 가까이 하며 사물을 깊이
느끼고 생각한 후 표현하려는 욕구가 강한 사람이다. 요즘처럼 생
각하기 싫어하고 감각적이며 즉흥적인 시대에 저자의 책이 더 매력
적으로 다가오는 이유다. 혹시 기회가 된다면, 책에 나오는 '인디언
노인 포타라모'에 대한 에피소드를 읽어보라.

동행 | 책

인디언 노인 포타라모는 돈보다 소중한 게 무엇인지 보여준다. 얼마나 빨리 물건을 팔아치울까에 몰두하며 살아가는 우리의 모습과는 사뭇 대조적이다.

늘 무언가에 쫓기듯 살아가는 우리, 경쟁에 뒤쳐질까 늘 핏대 올리며 살아가는 우리, 지금 빨리 팔아치우려는 우리와는 너무나 다르다. 『묵상하는 삶』은 주변을 돌아보게 하고 조금 더 천천히, 한 번 더 생각하게 하는 책이다. 그래서 인생의 황금기를 살아가고 있는 이 시대 젊은이들에게 이 책을 소개하고 싶다.

조금만 더 생각하고 한 템포만 느리게 가라고.

물러서면 훤히 보이는 수

목사라는 직업상 결혼식 주례를 할 기회가 많았다. 내가 주례한 부부가 족히 200쌍은 넘을 것이다. 주례를 받으려면 조건이 하나 있는데, 결혼식 전날 1시간의 상담을 받아야 하는 것이다. 말은 상담이지만 결혼 선배로서 결혼이 뭔지, 어떻게 사는 게 행복인지, 위기는 어떻게 해결하는지를 나름대로 조언하는 것이다. 이때 가장 강조하는 것은 '결혼의 위기 때 어떻게 해결할 것인가?'이다.

흔히 연애는 둘만 좋으면 된다고 한다. 누가 뭐래도 둘만 좋으면 그만이다. 그러나 결혼은 그렇지 않다. 둘만 좋다고 결혼이 지속

되는 것이 아닌 이유는 연애할 때는 사소해 보이던 것들이 결혼 후 수면 위로 떠오르기 때문이다.

연애할 때는 장점만 보인다. 소위 말하는 콩깍지가 씐 것이다. 그런데 결혼 생활을 하다 보면 단점이 보이기 시작한다. 그렇게 멋있고 예뻤는데 오랜 시간 함께하다 보니 보지 말아야 할 것도 보게 된다. 생각지도 못했던 행동과 말 때문에 서로 상처를 주고받는다. 이럴 때는 두 가지를 명심하라고 부탁한다.

첫째, 화난 상태로 등을 돌리고 자지 말라는 것이다. 부부는 혈연관계가 아니기 때문에 이해와 신뢰가 깨지면 바로 무너진다. 그러니 등을 돌리고 자기 시작하면 얼마 안 가 남이 될 수밖에 없다. 그래서 대화가 중요하다. 부부에게 대화의 의지가 있는 한 절대 이혼까지 갈 일은 없다.

둘째, 절대로 '이혼하자', '끝내자', '그만 살자', '여기까지다'와 같은 말은 하면 안 된다. 도무지 소망이 보이지 않아 '이혼'이 목구멍까지 치고 올라와도, 입 밖에 내뱉지 말고 나를 찾아오라고 신신당부를 한다. 당사자들이 볼 때는 이혼할 만큼 심각하고 해결책이 없어 보여도, 제3자가 볼 땐 사실 그리 심각한 경우가 별로 없기 때문이다.

바둑이나 장기를 보면 당사자는 수가 잘 보이지 않는데 구경꾼들 눈에는 수가 훤한 경우가 많다. 삶의 문제가 그와 같다. 어떤 위기라도 함께 대화를 하다 보면 다 풀어지게 되고, 당장 끝날 것 같았지만 이제껏 잘 살아가는 모습도 주변에서 많이 봐왔다.

기억하자!

아무리 심각한 것 같아도 풀 수 없는 문제는 없다. 주변을 잘 돌아보면 누군가는 그 문제의 해답을 쥔 경우가 많다. 문제에만 파묻힐 것이 아니라 여유를 갖고 조금만 뒤로 물러서서 보면 빠져나가는 수가 보인다.

캐나다에서 아이들이 공부하는 학교를 방문한 적이 있었다. 우리
는 교실로 안내를 받아 창 너머로 아이들이 공부하는 모습을 볼 수
있었다. 생소하게도 두 개 학년이 한 교실에서 공부를 하고 있었다.
두 학년 사이에는 어떤 칸막이도 없었다. 각 학년의 선생님과 둘러
앉아 수업을 했는데, 이른바 열린 수업(Open Class)이라고 했다.

집에 돌아와 아이들에게 물었다.
"그렇게 수업하면 아이들이 떠들지 않니? 옆 반 아이들이 방해
되지 않아?"

아이들이 말했다.

"아니에요."

나는 다시 물었다.

"그러면 아무도 안 떠든다는 말이야?"

"가끔씩 장난치는 애도 있어요. 그러면 선생님이 그 애를 불러 귓속말을 하세요. 그러면 절대 못 떠들어요."

"선생님께서 뭐라고 하시는데?"

"계속 떠들면 유급시킨다고 하신대요."

선생님이 아이들을 귓속말로 훈육할 수 있다니, 그리고 교사 재량으로 유급이 가능하다니! 교사에게 권위가 있으니 으박지를 것도 체벌을 가할 필요도 없었다.

또 한번은 큰 아이의 졸업식 날이었다. 당시 캐나다 학교의 졸업식은 마치 축제와 같았는데, 졸업생 전체가 무대에 올라가 핸드벨을 연주하는 순서가 있었다. 그런데 핸드벨을 연주하는 아이들 중에 열댓 명은 아무 것도 들고 있지 않았다. 다른 아이들이 연주하는 동안 그냥 서 있기만 했다.

졸업식을 마친 후 아이에게 물었다.

"왜 몇몇 애들은 핸드벨도 없이 그냥 서 있니? 혹시 핸드벨이 모자랐어?"

"아니에요."

"악기가 없는 것도 아닌데 왜 그런 거야?"

"연습 때 선생님 말을 듣지 않아 핸드벨 없이 서게 된 거예요."

세상에, 졸업 연주회에서 말을 듣지 않는다고 악기를 주지 않았다니. 만약 우리나라에서 이런 일이 일어났다면 어떻게 되었을까. 핸드벨을 뺏을 만큼 용기 있는 교사, 아니 권위 있는 교사가 남아 있을까. 아마 어떤 부모는 자신의 아이를 악기 없이 무대에 세웠다고 고발을 했을지도 모른다.

가끔 교사가 훈육을 했다가 학부모에게 되레 봉변을 당했다는 뉴스를 본다. 우리 아이들의 장래가 심히 염려된다. 물론 교사답지 못한 교사들의 얘기로 마음이 상하기도 한다. 그렇다고 교사 모두의 권위를 떨어뜨리는 건 아이들을 위해서도 좋지 못한 일이다.

시애틀

학교는 아이들이 가정을 떠나 처음 만나는 사회이고 공동체인데, 존중받지 못하는 선생님들의 껍데기와 같은 권위를 보면서 무엇을 배울 수 있을까. 무엇을, 어떻게 교육시켜야 옳은 것인지 늦기 전에 우리 모두 고민해야 할 것이다. 아이들은 건강한 권위가 행사되는 질서 있는 사회를 보고 경험해야 그렇게 자랄 수 있다.

다시 가볼 수 없는 그곳

진주를 얻기 위해 조개는 입을 굳게 다물어야 한다. 아프고 고통스러워도 입을 벌리면 안 된다. 신음 소리를 내더라도 입을 꾹 다물고 있어야 한다. 입을 벌리면 보석이 되지 않기 때문이다.

정명성 시인의 「진주조개」를 대할 때마다 통일이 떠오른다. 통일은 분명 우리 민족의 '진주'다.

영롱한 진주를 보고자 얼마나 많은 세월을 아픔과 고통 속에서 지나왔는가. 평창 동계 올림픽을 계기로 한반도에 봄이 온다니 누가 반기지 않을 수 있을까. 그러나 간혹은 북한에서 들려오는 살

벌한 소식에 가슴이 철렁 내려앉기도 한다. 과연 북한 동포도 통일을 염원하고 있을까.

봄이 온다고, 함께 노래하고 춤추며 감격에 겨운 눈물을 흘리기도 했다. 남북한 지도자들이 모여 덕담을 주고받고 손을 마주잡으며 응원가도 불렀다. 하지만 가끔은 정말 한마음으로 통일을 원하는지 의문이 든다. 혹여나 이 분위기를 이용해 자신들의 체제를 더 곤고하게 만들려고 하는 것은 아닌지 의심스럽다.

2002년도에 처음으로 북한을 방문했었다. 후에도 몇 차례 갈 기회가 있었지만 더는 가지 않았다. 처음 봤던 북한의 모습이 충격적이었기 때문이다.

그때 우리 일행은 창광 거리에 있는 고려호텔에 묵었다. 평양 시민에게만 특별히 나눠준다는 냉면표를 들고 한복을 입고 줄을 선 모습은 화려한 창광 거리와는 이질감이 들기도 했다. 회의를 위해 한 목장을 방문했는데, 우리는 고려호텔에서 준비해 준 도시락을 먹었다. 그리고 잠시 쉴 겸 밖으로 나갔다가 충격적인 장면을 목격했다.

기도2 | 선한목자교회당 안에서

십 대, 많아야 이십 대 초반으로 보이는 앳된 소녀가 자신보다 몇 배나 큰 통나무를 어깨에 메고 혼자 산에서 내려오고 있었다. 화장기 없는 새카맣게 그을린 무표정한 얼굴, 초라한 작업복이 순간적으로 큰 아이 모습과 겹쳐지면서 눈물이 흘러나왔다.

평양의 화려한 창광 거리와 불과 1시간밖에 떨어지지 않은 곳의 저 모습은 대체 뭐지? 이후로도 그 모습은 계속 나를 괴롭혔다. 방북하지 않은 이유가 거기 있었다. 그 아이의 모습이 잊히지 않아서 귀국 후에도 한동안 목구멍으로 밥이 잘 넘어가지 않았다.

방송을 통해 탈북민들의 증언을 들으면 진주가 되기 위한 시간이 더 필요한 것은 아닌지 생각하게 된다. 속히 통일이 오기를 두 손 모아 기도하지만, 자칫 서두르다 보면 진짜 보석을 망칠 수 있다는 걱정도 된다.

비린내 나던 내 고향, 바다

나는 바닷가에서 태어나 어린 시절을 보냈다. 바다는 언제나 나의 놀이터였다. 물이 얼마나 맑았던지 손톱만한 새우까지도 훤히 보일 정도였다.

고무신을 벗어 거기에 새우를 잡았고 돌에 붙은 홍합을 따며 놀았다. 해질녘이 되면 동네 형들을 따라가 낚시를 즐겼다. 특히 오징어 내장으로 바다 뱀장어를 잡을 때의 손맛은 일품이었다.

예전에는 해변을 따라 오징어를 말리는 근조장이 즐비했었다. 외지에서 온 사람들은 생선 비린내가 난다고 하지만 나는 지금도 그곳이 참 정겹다. 비릿한 오징어 냄새와 저녁노을에 비치는 오징어 근조장은 잘 어울리는 한 쌍이다. 꾸덕꾸덕 마른 오징어를 구워 먹으라고 선뜻 내주시던 인심 좋은 어른들이 많았다.

언제부턴가 그런 풍경이 많이 사라졌다. '잘 살아보자'는 구호와 '새벽종이 울리네~ 새 아침이 밝았네~' 같은 노래가 울려 퍼지더니 큰 변화가 생겼다. 내 고향 바닷가에 포항제철소가 들어섰다. 외지 사람들이 몰려들기 시작했고 도시 전체가 들썩였다. 누가 더 큰지를 경쟁하듯 세워진 굴뚝에서는 연일 시커먼 연기가 뿜어져 나오기 시작했다. 그러더니 어느 날부턴가 바닷물도 변했다. 색깔만 변하는 것이 아니고 기름 냄새가 진동을 하였다. 더 잘 살아보자는 구호에 묻혀 어릴 때 우리의 추억도 그렇게 사라졌다.

방학 때 옛날이 그리워 바다를 찾았다가 변한 모습을 눈 뜨고 볼 수 없어 한동안 발길을 끊었다. 세월이 흐르고, 정권이 몇 번 바뀌더니 조금은 물이 깨끗해졌다는 소식이 들렸다. 어판장도 현대화되었고 찾는 사람도 더 많아졌다. 운하가 생겨서 배를 타고 유람하는 관광객들도 있었다. 그러나 어릴 적 바다는 아니었다. 그렇게 '바다'는 멍 자국처럼 마음속 깊이 상처를 남겼다.

신혼여행으로 제주도를 찾았을 때 옛 추억과 비슷한 바다를 보았다. 시린 가슴을 위로해주는 바다를 본 것이다. 검은 바위, 샛노란 유채꽃, 맑디맑은 푸른 바다. 바다에 발을 담그면 굴절 때문에 내 발이 어린아이 발처럼 작게 보였다. 그리고 나를 어린 시절로 데리고 갔다. 그때부터 우리 부부는 해마다 제주도를 찾았다.

몇 해 전에는 학업 차 하와이에서 여러 달을 보낼 기회가 있었다. 아내는 하와이에 산다는 자체로 행복해 했다. 그런데 학업을 마치고 돌아오는 비행기 안에서 "나는 그래도 제주도가 참 좋다"라고 말하는 게 아닌가. 어디를 가든 결론은 항상 같았다. 그래도 제주도가 참 좋다!

나이 들면 고향으로 돌아가고 싶은 것이 인지상정이다. 눈에 보이는 고향을 잃어버린 나는 마음의 고향인 제주도에서 은퇴 후 삶을 시작하기로 결심했다.

바람, 투박한 돌담, 유채꽃, 억새, 하늘과 구별되지 않는 푸른 바다, 그리고 바다를 품게 해주는 수많은 오름. 우리의 마지막 바닷가처럼 남은 제주가 그 모습을 오래도록 유지할 수 있기를 바란다.

소망2 | 만선을 꿈꾸며

최고의 권세 손주!

우리는 어렵게 결혼한 부부다. 아버지 사업이 세 번이나 실패하면서 당시 우리 집은 처절하게 가난을 겪고 있었다. 미래가 불투명한 신학생에게 곱게 키운 첫 딸을 선뜻 내줄 사람은 없을 것이다.

아내는 부잣집 맏딸이었다. 연애할 때는 아내 친정이 부잣집인 줄 몰랐다. 귀걸이 하나 없이 늘 수수한 차림으로 다녔기 때문이다. 아내의 집에 찾아가서야 집이 100평인 것을 보고 깜짝 놀랐다. 용기를 내어 큰 절을 올렸다.

"따님과 결혼하게 해주시면 실망시키지 않고 행복하게 잘 살겠습니다."

그 후 아내는 적잖은 핍박을 받았다. 하지만 결국 승낙을 받고 우리는 결혼을 했다. 내가 학생이었기에 신혼도 제대로 즐기지 못했고 아빠의 역할도 부족했다. 정말 어느새 아이들은 다 컸고, 이제는 할아버지가 되었다.

한번은 혼자서 곰곰이 생각해 보았다. 왜 이토록 손주들이 사랑스러운 것일까. 어리석은 질문이지만 고민해 보았다. 내가 낳은 것도, 키우지도 않는 아이들이 왜 이렇게 애틋하고, 자녀와는 또 다른 감정을 불러일으키는 것일까.

몇 가지 나름의 답을 내놓자면, 우선은 내 자녀가 귀하고 사랑스럽기 때문은 아닐까. 어리게만 보았는데 결혼한다며 남자를 데려오고, 한 아이의 엄마가 된 딸을 보면 귀하고 사랑스럽기 그지없다. 그러니 그 딸의 자녀가 어찌 사랑스럽지 않을 수 있나.

둘째, 사랑은 내리 사랑이라고 한다. 물처럼 위에서 아래로 흐르지 위로 치솟는 것이 아니다. 그래서 손주로 내려가면서 더욱 사랑스러워지는 게 아닐까.

마지막으로 책임감이 덜해 마음껏 사랑할 수 있기 때문일 것 같다. 자녀는 책임이 있기에 싫은 소리도 하고 야단도 치게 된다. 그러나 손주는 엄밀히 말해 내 자식이 아니다. 그러니 그저 마음껏 사랑만 해주면 되는 것이다. 예쁜 데 마음 편하게 해주니 더 좋을 수밖에!

"손주는 올 때 좋고, 갈 때 더 좋다"는 말이 있다. 내 자녀는 올 때 갈 때가 없이 늘 품고 살게 된다. 손주는 오가기도 하니 마음이 편하다. 뒷감당 생각 않고 그저 퍼주기만 해도 되니 안 좋을 이유가 없다.

며칠 전 큰 손녀가 왔다. "할머니 여기요. 저기로 가요. 이거 해줘요. 저거 주세요" 하며 아내를 부지런히 따랐다. 손녀가 원하는 대로 바쁘게 움직이던 아내가 한 마디 툭 던졌다.

"여보, 자식보다 손주 권세가 최고네요!"

키울 때는 걱정과 책임이 앞서 자녀를 마음껏 사랑하지 못한 것은 아닐까 하는 후회도 있다. 자녀도 그저 아기고, 어린아이였는데 자꾸 잘 되기를 잘 크기만을 바랐다. 부모였으니까 당연한 마음이다. 하지만 지나고 보니 지금의 손주들처럼 그저 사랑만 받아도 충분한 존재였던 것 같다.

사랑이 가장 중요하고, 제일 먼저다. 충분히 사랑을 주는데, 잘 크지 않을 아이가 있을까 생각도 든다. 지금, 사랑을 원하는 자녀가 있다면 주저 말고 사랑해 주라고 말하고 싶다. 바르고 공부 잘하는 건강한 아이가 되는 것도 좋지만, 먼저 사랑하라. 모든 걱정과 책임을 내려놓고 마음껏!

그리움 | 손녀

제주도 풍경 같은 삶

캐나다에서 30년 가까이 목회를 하시다가, 모든 것을 다 내려놓고 중국으로 가신 선교사님 부부를 만났다. 함께 비전을 나누다가 그들 부부가 제주도를 한 번도 가보지 못했다는 사실을 알게 되었다. 몇 날이 지나도 그분들의 얘기가 못 다한 숙제처럼 우리 부부 가슴에 남았다. 결국 우리는 선교사님 내외를 모시고 제주도로 향했다.

2박 3일의 짧은 여정이었지만 알차게 계획을 세워 최선을 다했다. 여행을 마치고 김포공항에 도착하자 사모님께서 조심스럽게 감사의 엽서를 주셨다. 우리는 작은 숙제를 한 것뿐인데, 그분들에게 받은 글귀는 하나하나가 과분한 선물이었다. 그때 선교사님 부부에게 받은 엽서에는 전형적인 제주의 모습이 담겨 있었다. 그 선물을 평생 기억하고 싶었던 나는 엽서 사진을 그림으로 옮겼다.

한 장에 그리기가 아까워 화폭 세 개를 나란히 놓고 연결시켜 그렸다. 돌담은 민화 풍으로, 유채꽃은 나이프로 좀 과하게, 하늘과 바다는 사실적으로 표현했다. 2013년 제주는 우리 부부에게 아름다운 추억으로 남았다.

사람답게 살려면 세 가지를 절제하라고 한다. 입에는 말을 좀 적게, 위에는 밥을 좀 적게, 머리에는 일 생각이 좀 적게. 오늘날 세상 이치와는 안 맞는 얘기처럼 들릴지 모르지만 조금 살아본 사람으로서는 이야말로 진리라는 생각이 든다.

입은 하나인데 귀가 둘인 것은 속히 듣고 더디게 말하라는 것인데, 우리는 듣기보다 말하기를 더욱 즐겨 한다. 하루 동안 세 번이나 먹을 기회가 있는데도 왜 한 번만 먹는 사람들처럼 많이 먹으려고 하는지 모르겠다. 왜 다하지도 못할 일을 머릿속에 가득 집어넣고 다니면서 근심 걱정을 달고 사는지. 스스로 인생을 혹사시키고 있는 건 아닌지 돌아봐야 한다. 그리고 지금이라도 늦지 않았으니, 시간을 내 유유자적 구름 한 번씩 쳐다보면 좋겠다.

그리움 | 어느 선교사 부부가 보내온 엽서

밝은 탄광에 사는 사람들

보리에서 출간된 임길택 선생님이 가르친 탄광 마을 어린이들의 시를 모아 출간한 시집 두 권이 있다. 그중에서도 「나도 광부가 되겠지」라는 시는 유독 마음에 남는다. 왜냐하면 아버지를 이해하지 못하는 아들, 그리고 아들에게 푸념처럼 진심을 내뱉은 아버지의 마음이 느껴져서 일까. "죽어도 광부가 되지 말라"는 아버지의 마음을 어린 아들이 어떻게 이해할 수 있을까.

사람들은 탄광을 '막장'이라고 했다. 산전수전 다 겪은 사람들이 마지막으로 가는 곳, 더는 물러설 데가 없다는 뜻이다. 요즘은 '막장'이라는 단어가 탄광촌에 대한 이미지를 해친다는 이유로 사용을 자제하고 있지만, 예전에는 스스럼없이 쓰였던 말이다.

안식년 때 캐나다에서 한 사람을 만났는데, 영국식 생선튀김 요리인 '피시 앤 칩스' 식당을 운영하고 있었다. 인근에서는 꽤나 유명해 늘 손님이 많았다. 그래서 그분은 항상 바빴다.

바쁘게 식당을 운영하면 몸이 고달프기도 할 만한데, 휴일에도 집에서 쉬는 법이 없었다. 정원은 또 얼마나 잘 정돈됐는지, 그의 손길이 미치지 않는 곳이 없었다.

한번은 초대를 받아 그의 집에서 식사를 할 기회가 있었다. 식사 중에 불쑥 질문을 했다.

"선생님 힘들지 않으세요? 공휴일이라도 쉬지 않고. 선생님이 가만히 쉬는 모습을 본 적이 없는 것 같아요. 그렇게 일을 해도 괜찮으세요?"

그때 돌아온 대답이 나를 놀라게 했다.

"햇볕 보고 하는 일이 뭐가 힘듭니까?"

그 사람은 우리나라가 가난했던 시절 독일에 파견됐던 광부 출신이었다. 조국에서는 하지 않던 일을 먼 타국 독일까지 가서 했던 것이다. 40도가 족히 넘는 깊은 땅굴 속에서 까만 석탄가루가

앉은 점심을 먹고, 온몸이 땀범벅이 된 채로 매일 8시간씩 중노동을 했다고 했다. 그때를 생각하면 해를 보고 하는 일은 힘들게 여기면 안 된다는 것이다.

그런데 요즘 우리 사회가 마치, 햇빛조차 안 드는 탄광처럼 느껴질 때가 있다. 더는 물러설 곳이 없는 사람처럼 핏대를 올리고 악을 쓰며, 한 치의 오차도 없이 기계처럼 사는 사람들도 많다. 조금만 늦어도 여지없이 클랙슨 소리가 울린다. 온라인상에서는 온갖 욕설이 난무한다. 입에 담을 수 없는 욕설이 탄광의 시커먼 탄가루처럼 날린다. 왜 환한 햇빛을 받으면서 탄광 속 사람처럼 꽉 막힌 채 살까 싶다.

이른 은퇴: 조심스러운 선의

'이른 은퇴'는 생각만큼 쉬운 일이 아니었다. 은퇴를 결심하고 가까운 사람들에게 이 사실을 이야기했을 때, 단 한 사람도 찬성하는 이가 없었다. 아니 딱 한 사람 찬성하는 사람이 있었는데, 목회 내내 나와 함께 일한 것과 다름없는 아내였다. 아내는 내 삶을 가장 가까운 곳에서 진솔하게 지켜본 사람이기 때문에 반대할 수 없었을 것이다.

은퇴를 결심하면서 가장 큰 걱정은 '이른 은퇴'가 나의 의가 되지는 않을까 하는 것이었다. 더 정확히 말해, 정년까지 사역하는 목회자들에게 괜한 누가 되지나 않을까 하는 우려였다. 사역은 본래 각자의 부르심 대로 최선을 다하는 것이지, 하나의 기준에 모두 맞출 수는 없다. 따라서 은퇴 시점은 지극히 주관적일 수밖에 없다.

성경의 인물 사도 바울은 세상 누구도 경험하지 못한 천국을 보았다고 했다. 그러나 그 광경에 대해서는 누구에게도 말하지 않았다. 바울에게 필요해서 보도록 허락된 지극히 개인적인 경험이기 때문이다. 모두가 봐야만 하는 천국은 아닐 것이다.

가끔 신문에 모 목회자가 은퇴 후 퇴직금을 헌납했다는 기사가 나온다. 보통 미담은 사실보다 과하게 서술되곤 한다. 아마도 이를 옮기는 기자들의 심리가 반영되는 것처럼 보인다. 문제는 미담이 그렇게 하지 못하는 사람을 오해하게 만들기도 한다는 것이다.

얼마 전에도 한 목회자의 미담이 소개되었다. 공교롭게도 잘 아는 분의 얘기였다. 사실 그분은 경제적으로 여유가 있었다. 그렇다고 해서 그분의 헌납이 과소평가되어서는 안 된다. 그런 뜻으로 하는 얘기가 아님을 알아주기 바란다. 그분의 행동은 박수를 받아 마땅한 아름다운 일이다. 다만 누군가의 선의가 다른 사람을 판단하는 도구가 돼서는 안 된다는 것이다.

마땅히 선은 알리고 동참을 이끌어낼 수 있다면 좋겠지만, 똑같은 기준으로 다른 사람을 판단해서는 안 된다. 모두에게는 각자 주어진 사명이 다른 것이다. 같은 맥락으로 나의 '이른 은퇴'가 다른 목회자에게 부담이 되거나, 비교의 기준이 되지 않았으면 한다.

　　은퇴를 준비하면서 두 번째로 경계한 것이 노욕이었다. 이는 나이 들면서부터 조심해온 것 중 하나다. 노욕은 인생을 망치는 지름길이다. 잘 쌓은 공을 하루아침에 허물 수도 있다. 나는 이런 노욕이 생기기 전에 은퇴해서 예수님과 교회를 위하고, 자식들 앞에 당당하고 싶었다. 부족한 나를 아쉬워해 주고, 박수쳐 줄 때 은퇴하고 싶었다. 이것이 목회자로서의 마지막 욕심이었다. 그러니 나의 '이른 은퇴'를 두고 오해하지 않기를 바란다.

알래스카의 무지개

알래스카(Alaska)는 원래 구소련 땅이었다. 1867년 미국이 러시아로부터 구입했는데, 한반도의 일곱 배나 되는 땅을 당시 미국은 단돈 720만 달러에 샀다고 한다. 1헥타르 당 5센트(원화 약 50원)다. 알래스카를 구입할 때 엄청난 반대가 있었는데, 국무장관이었던 윌리엄 H. 슈어드(William Henry Seward)는 "얼음산만 보지 말고 그 안에 감추어진 무한한 보고를 보라"며 강력히 구입을 주장했다. 이후 알래스카는 석유, 천연가스 등 자원이 풍부한 땅으로 밝혀졌고 1959년 미국의 49번째 주가 되었다.

평안1

성경 속의 노아 가족은 40일 간의 홍수로 세상이 쓸려 없어지는 고통을 경험했다. 그리고 비가 그쳤을 때 나타난 것이 무지개였다. 무지개는 "다시는 모든 생물을 홍수로 멸하지 아니할 것이라 땅을 멸할 홍수가 다시 있지 아니하리라"(창세기 9:11)는 하나님의 약속이었다.

비가 그치면 무지개가 나타난다. 눈밖에 없는 세상에도 무지개가 뜬다. 요즘 우리 젊은이들을 가리켜 3포, 혹은 5포 세대라고 한다. 아프니까 청춘이라는 사람도 있고, 왜 청춘이 꼭 아파야 하냐고 항변하는 사람도 있다.

중요한 건 차가운 얼음 안에 무엇을 품고 있느냐에 달렸다. 힘든 상황 안에서도 희망을 볼 수 있다면 우리는 그 시간을 참고 견딜 수 있다. 무지개를 기다리는 사람은 결국은 무지개를 마주하게 된다.

캐나다3. 천국 바로 밑에 위치한 나라

흔히 캐나다를 가리켜 천당 밑 '구백구십구당'이라고 한다. 그만큼 아름답다는 말이고, 자연 있는 그대로 잘 보전했다는 뜻일 것이다. 모두 사실이다. 아름다운 자연도 제대로 보존하지 못한다면 얼마 못 가 아름다움을 잃게 될 것이다.

캐나다에 있을 때 밴프국립공원(Banff National Park) 안에 길을 넓히는 문제가 이슈화된 일이 있었다. 몰려오는 관광객과 차량을 하나의 차선으로는 감당하지 못하니 더 넓혀야 한다는 여론이 들끓었다. 그리고 수년 후 그곳을 다시 방문했을 때 도로가 한 차선 넓어진 것을 보았다. 지인의 말에 따르면, 차선 하나 넓히는 데 얼마나 많은 공청회를 하며 수년을 보냈는지 모른단다. 그리고 공청회의 주제는 하나같이 자연친화적이었다고 한다.

'어떻게 하면 관광객을 많이 불러 모을까', '어떻게 경제적 이득을 취할까' 하는 것이 아닌 '어떻게 해야 자연을 보호하면서 도로를 건설할 수 있을까', '어떻게 그곳에 서식하는 동물들을 안전하게 보호할 것인가'가 주된 이슈였다는 것이다. 내가 그 말에 수긍한 것은 자주 지나다녔던 길인데도 도로가 넓어졌다는 느낌을 단번에 받지 못했기 때문이다. 분명 도로는 확장됐는데 자연을 방해하지 않았다. 아, 구백구십구당이 그저 되는 것이 아니구나!

"사람도 자연이다!"

환경이 중요시되는 요즘 자주 듣게 되는 구호다. 자연 보호가 곧 우리를 보호하는 길이라는 뜻이다. 콜럼버스가 신대륙을 찾아 다니던 시대에는 자연을 정복하고 다스려야 하는 존재로 봤다. 자연이 훼손됐고 도도새(Dodo bird)와 같이 알려지지 않은 많은 동식물이 멸종되기도 했다. 하지만 자연은 서로가 서로에게 맞물려 있기 때문에 하나의 멸종으로 끝나는 게 아니었다. 너무 늦게 후유

증이 크다는 것을 알았다. 훼손된 자연이 기후 변화를 일으켰고, 폭설과 폭염으로 우리를 위협하기에 이르렀다.

어쩌면 자연 보호의 시작도 이기적인 인간을 위한 것일지 모른다. 하지만 캐나다처럼, 오로지 자연의 입장에서 고민한다면 후손에게 더 풍성한 동식물과 깨끗한 자연을 물려줄 수 있지 않을까.

잘 보존된 자연만큼 위대한 유산은 없다!

천천히 가자. 늦어도 상관없다.

어차피 다할 수 있는 것도 아닌데 옆도, 뒤도 돌아보자.

그리고 가끔은 하늘도 쳐다보자.

아침에 눈을 뜨면 할 일을 떠올리지 말고, 안 해도 될 일부터 빼라.

삶이 더 여유로울 것이다!

3 / 장

하늘에 여백을 그리다

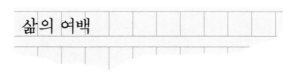

삶의 여백

언제부턴가 우리 사회에 '힐링'이라는 단어가 널리 퍼지기 시작했다. 아마도 사람들이 겉은 멀쩡해도 마음이 병들어 그런 모양이다. 겉으로는 웃는데 속으로는 울고 있는 것이다.

바쁘다고 하지 않으면 별 볼 일 없는 사람으로 보일까 싶어 그런지 "바쁘다"는 말을 달고 산다. 하지만 다들 정말 그렇게 중요한 일들을 하고 사는지 의문이다.

삶의 핵심을 알고 산다면 그렇듯 힐링을 주제로 한 프로그램과 여행이 유행처럼 번지지는 않을 것 같다.

어릴 때부터 그리기를 좋아했다. 가장 기다려지는 시간은 미술 시간이었다. 지금도 기억이 생생한 건, "그림을 그릴 때는 여백을 남기지 말고 꽉 채우라"고 하시던 선생님의 말씀이다.

사실 그 얘기를 들으면 그림을 그리기가 부담스러웠다. 다 채워야 된다고 생각하니 도화지가 크게만 보였다. 부잣집 애들은 48색 크레파스를 가져와 그림을 그리는데, 나는 겨우 12색 크레파스였다. 그러니 도화지를 가득 채우기가 더 부담이었다.

새하얀 도화지가 크레파스를 먹는 괴물처럼 보이기도 했다. 만약 그런 괴물이 평생 쫓아다니면서 채우라고 강요한다면 얼마나 고달플까.

"여백을 채워라. 여백을 채워라."

나도 모르게 이런 소리에 휩쓸려 다녔다. 굳이 그렇게 안 해도 되는데, 안 채워도 되는데.

'버킷 리스트: 죽기 전에 꼭 하고 싶은 것들'(The Bucket List, 2007)이라는 영화를 본 적이 있다. 앞만 보고 살던 두 남자가 인생의 황혼에 우연히 만나 '버킷 리스트'를 실행하는 모습을 보면서 나도 용기를 냈다. 어린 시절부터 꼭 하고 싶었던 그림 그리기를 기억해 내고 실행에 옮긴 것이다. 6년 전 다시 붓을 잡았을 때 선생님한테 들은 조언이 있다.

"다 그리려고 하지 마세요. 뭘 안 그릴까 생각하세요."

이 한 마디로 새로운 눈을 떴다. 꽉 채워야만 되는 줄 알았는데 그게 아니었다.

그래, 굳이 다 그릴 필요가 없다! 다 채울 필요도 없다. 보고 느끼는 만큼, 내가 그리고 싶고 그릴 수 있는 만큼만 그리면 된다. 다른 사람 눈 의식할 필요도 없다. 내가 좋으면 되는 것이다. 구름이 좋으면 구름 하나만 그리면 된다. 느끼지 못한 것들은 애써 그려봤자 '사족'이 될 뿐이다. 그것이 힐링이었다.

다하지 않아도 된다는 안도감, 하고 싶은 만큼만 해도 괜찮다는 말이 위로가 됐다.

추수를 미루는 농부의 마음

아내와 함께 큰 아이네 집을 방문한 적이 있었다. 대학 도시라 조용했고, 화려하지는 않아도 곳곳에 예술가들의 작품이 전시된 갤러리와 카페들이 있어 좋았다.

　어느 날 거리를 거닐며 작은 가게들을 기웃거리다 공방 겸 갤러리에 들어갔다. 그곳에서 무명작가가 찍은 사진 한 장에 마음이 꽂혔다. 추수할 곡식은 널브러져 있는데 트럭은 낡고 타이어가 펑크 난 사진이었다. 직업이 목사라 그런지 "추수할 것은 많되 일꾼이 적으니"(마태복음 9:37)라는 성경 말씀이 떠올라 그 사진을 바로 구입했다.

나눔

한국에 돌아와 짐을 정리하다 그 사진을 꺼내 보고는 다른 생각을 하게 됐다. 해마다 땀 흘려 농사를 짓는 농부가 왜 추수를 앞두고 추수한 곡식을 실어 날라야 할 낡은 트럭을 방치해 두었을까. 상식적인 농부라면, 추수 때 필요한 트럭을 그렇게 버려둘 리가 없었다. 그렇다면 농부가 한 해 동안 다른 누군가를 위해 농사를 지은 것은 아닐까. 본인의 곳간을 채우기 위함이 아니고 필요한 사람 모두를 위해 농사를 지었다면 어떨까. 그런 생각이 들어 붓을 들고 농부의 마음을 그리기 시작했다.

트럭은 더 낡게 그렸고, 펜스는 아무나 들어갈 수 있도록 쓰러뜨려 버렸다. 그림을 그리다 보니 성경의 인물 룻이 떠올랐다.

룻은 이방 여인이었다. 유대인과 결혼했는데, 신혼의 단꿈이 가시기도 전에 시아버지와 남편이 세상을 떠났다. 자식도 없이 젊은 과부가 된 것이다. 결국 같은 처지인 시어머니를 따라 이스라엘로 왔고, 보수적이고 배타적인 유대인들 사이에서 가난하게 살았다. 그리고 품을 팔러 들판에 나갔다가 인심 후한 주인 보아스를 만나 새로운 가정을 꾸리게 되었다.

룻이 만난 보아스야말로 삶의 여백이 있는 사람이었다. 곡식을 깨끗이 거두지 않고 남겨서 어려운 사람들이 줍게 두었다. 자신의 곳간이 찼다면, 더는 욕심을 내지 않는 사람이었다. 룻이 세상은 아직 살 만하다는 것을 느끼게 한 사람이다.

우리도 다른 사람에게 이런 마음을 느끼게 하는 존재가 되길 소망한다. '세상 참 야박하구나' 하는 느낌을 주기보다는, '아직은 세상이 따뜻하다'고 생각할 수 있는 존재가 되길 바란다.

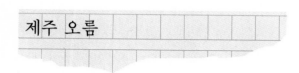

제주 오름

제주도에 갈 때마다 빠지지 않고 가는 곳이 '김영갑 갤러리 두모악'이다. 여러 번 갔지만 갈 때마다 좋고 또 가고 싶은 것은, 김영갑 (1957~2005) 한 사람의 삶에 대한 열정이 고스란히 느껴지기 때문이다.

김영갑 사진가는 충남 부여에서 태어나 한양공업고등학교를 졸업하고, 제주도의 수평구도에 매료되어 1985년에 입도하였다. 섬이 주는 고독과 가난을 이기게 한 것은 제주의 돌과 구름, 산과 바다, 억새와 같은 자연 풍광이라고 했다. 그는 말년에 루게릭병을 얻어 6년간 투병을 하는 중에도 카메라를 들고 오름을 올랐을 만큼, 제주도 오름은 그의 삶에서 중요했다. 용눈이오름 작품만 1천여 점을 남겼다고 한다.

이청리 시인이 시로 그린 「좌보미오름」도 눈으로 보는 듯 실감이 난다. 김영갑 사진가가 좋아했던 오름이다. 두모악갤러리 입구에 있는 작가의 작업실에서 창문 너머를 보면 그가 한평생 사랑했던 오름만큼이나 소박한 풍경이 펼쳐진다. 마치 그의 삶을 대변하는 것 같다.

지난 25년 동안 한 해도 빠지지 않고 제주도를 방문했는데, 해를 거듭할수록 참 안타깝다. 제주도의 매력이었던 여백이 점차 사라지고 있기 때문이다. 사람 사는 곳에 새로운 건물이 들어서는 것을 탓할 수는 없다. 사는 사람이 느니 집을 짓고, 건물을 신축하는 것은 당연한 이치다.

하지만 제주도 특유의 경관을 고려하지 않고 천편일률적으로 짓거나, 너무 여기저기 난립하고 있어 안타까운 마음이다. 게다가 중국 자본까지 들여와 관광사업을 한다고 하니 오랜 시간 제주도를 사랑했던 사람으로서는 허전한 마음이 그지없다.

기다림2

암과 함께 살기

암 전문의의 강의를 들을 기회가 있었다. 그는 환자들이 일단 암 진단을 받으면 하나같이 "내가 왜 암이냐?", "왜 하필 내가 이런 병에 걸려야 하느냐?"고 절망한다는 것이다. 하지만 의사는 원망하고 좌절할 것이 아니라 "암과 함께 사는 연습을 해야 한다"고 말했다. 얼핏 들으면 말장난 같지만 곱씹을수록 일리가 있다.

사람은 태중에서부터 스트레스를 받는다고 한다. 엄마가 받는 스트레스를 함께 경험한다는 것이다. 그리고 스트레스는 죽을 때까지 우리 곁을 떠나지 않는다. 그렇다면 스트레스는 평생 함께할 친구와 같은 존재일 수밖에 없다. 늘 좋은 친구만 있는 게 아니고, 지금 좋아도 내일은 다를 수 있는 것처럼 스트레스도 마찬가지다. 적당한 긴장은 우리를 신중하게 만들어주기도 하고 나태함을 방지해 준다. 더 노력하게 만들기도 한다. 그러니 스트레스가 마냥 나쁜 것만은 아니다.

문제는 정말 심각한 스트레스다. 우리의 몸과 마음을 무너뜨리며 삶 자체를 파괴하기 때문이다. 나쁜 스트레스는 대체로 일정한 형태가 없고 객관적인 측정이 불가능하다. 아주 주관적이다. 꼭 의사가 말하는 암과 같다. 변화무쌍하고 쉽게 사라지지 않는다. 방심하면 다시 올라와서 "끝난 줄 알았지?"라며 놀라게 한다. 이겨내기 위해선 정말 큰 각오가 필요하다.

어릴 때부터 어머니께 많이 들었던 말씀이 "사람 상대하는 게 가장 어려운 직업이다"였다. 마치 예언처럼 나는 사람을 상대로 하는 직업(?)을 갖게 됐다. 교회는 참 묘한 공동체다. 도무지 이해가 안 될 때도 있다. 법적인 구속력도 없고, 전적으로 개인 선택에 의존한다. 모두가 주인 행세를 할 수도 없고, 때로는 각자가 주인이 되기도 한다. 보통 복잡한 곳이 아니다. 누군가는 세상에서 가장 뛰어난 리더십은 교회 리더십이라고 말한다. 그러니 나는 둘째 가라면 서러울 정도로 스트레스를 많이 경험한 사람 중 하나다. 내가 교회 안에서 무사히 사역을 마치고 은퇴할 수 있었던 노하우가 있다. 따지면 스트레스를 해소하는 나름의 방법이다.

첫째, 기도다. 나는 성격상 말이 많지도 친구가 풍족한 편도 아니다. 이런 사람들은 스트레스를 속에 담아둘 확률이 높다. 그게 만병의 근원이다. 내게는 모든 것을 쏟아놓을 대상이 있었다. 바로 내가 믿는 하나님이었다. 그러므로 기도는 스트레스를 없애는 해결책이 되었다. 스스로 믿는 신이 없다면 일기도 좋다. 자신만의 이야기를 털어놓을 공간을 갖는 것이 중요하다.

둘째, 아내와 함께하기다. 아내에게 시시콜콜 스트레스를 다 얘기하라는 것이 아니다. 다만 시간이 나면 아내와 시간을 보내면서 쉼을 얻으라는 얘기다. 가까운 곳에 드라이브도 하고 둘만이 아는 공간을 방문해 소소한 시간을 보내는 것도 좋다. 밥 먹고 커피도 마시고 좋은 음악을 들으면서 속에 있었던 스트레스를 아내 몰래 푸는 것이다.

셋째, 나만의 취미 생활이다. 내 취미는 그림이다. 누구의 방해도 받지 않고 그림을 그리고 있으면 쓸데없는 생각은 사라진다. 단순해지고 스트레스도 한층 가벼워진 것을 느끼게 된다.

비단 스트레스만이 아닐 것이다. 삶을 지치게 하는 암과 같은 어려움은 누구에게나 있다. 하지만 벗어나려고만 하면 오히려 그 안에 갇히게 된다. 함께 살아가는 요령을 터득하는 것도 한 방법이다. "암과 함께 사는 연습이 필요하다"던 의사의 조언처럼 우리 모두는 고통과 함께 씩씩하게 살아가면 된다.

나를 돌아보게 되는 그림

나는 보는 것을 좋아한다. 카페에 우두커니 앉아 창밖에 지나가는 사람들을 하염없이 바라보는 것이 좋고, 하늘에 휘날리는 구름 보는 것이 좋으며, 강변에 앉아 있는 것도 좋다. 특히 외국에 나가면 광장에 앉아 다양한 사람들의 살아가는 모습을 바라보거나 미술관에서 유명한 작품을 감상하는 것이 좋다.

최근 가장 인상 깊었던 작품이 있는데 일리야 레핀 (1844~1930)의 '볼가 강의 인부들'이었다.

몇 해 전 상트페테르부르크에서 강의를 한 적이 있었다. 강의를 마친 후 책임자가 나를 에르미타슈 미술관으로 안내했다. 그곳에서 만난 일리야 레핀은 내게는 아주 낯선 화가였다. 상트페트르부르크에는 '레핀 미술 아카데미'가 있을 정도로 유명한 화가였는데, 1860년대 혁명적 민주주의 사상에 영향을 받아서 러시아 사회의 모순을 대담하게 그렸다.

　　'볼가 강의 인부들' 속 인물들의 표정과 눈빛 하나하나가 너무나도 강렬하게 들어왔다. 벼락에 맞은 것처럼 나는 한동안 얼어붙어 있었다. 가능하다면 그 자리에 며칠이고 주저앉아 있고 싶을 정도였다.

　　저 인부들의 눈은 누구를 향하는 것일까. 굳은 인부들의 표정, 그을린 얼굴, 표정을 알 수 없는 고개 숙인 사람들. 그리고 배에 탄 사람들은 과연 누구일까. 배에는 무엇이 실려 있을까. 푸른 하늘과 고개 숙인 군상은 극적인 대조를 이루고 있었다.

　　일리야 레핀은 스케치를 위해 강에서 유람선을 타다 누더기를 걸친 한 무리의 인부가 "가축을 대신해 선착장에 다가온 배를 끄는 모습"에 충격을 받아 이 그림을 그렸다고 한다.

내게 충격을 주었던 또 다른 작품이 있다면 밀레(1642~1679)의 '만종'이다. 화폭의 반 이상을 차지하는 넓은 대지와 기도하는 두 사람의 모습은 자연과 인간의 아름다운 조화를 기가 막히게 표현하고 있다.

밀레는 가난한 농부의 아들로 태어나 화가가 되었고 신화 속 영웅이나 아름다운 풍경을 그리던 당시 화풍과 달리 사실을 있는 그대로 그렸다. 밭 주인이 수확하고 난 밭에서 한 바구니의 감자를 얻은 가난한 부부의 모습이 감동으로 다가오는 것은 그들이 감사의 기도를 드리고 있기 때문이다.

간혹은 백 권의 책보다 하나의 그림에서 큰 이야기를 듣는다. 다양한 사람들의 삶을 접하고 내 삶을 돌아보게 된다. 인부들이 끄는 배를 내가 타고 있었던 것은 아닌지, 가난한 부부에게 한 바구니의 감자만 남기고 떠났던 적은 없는지 지나간 시간을 돌아보게 된다.

하수의 인생

군기가 바짝 들었던 시절 내무반에서 바둑을 배웠다. 선임의 도움으로 바둑에 재미를 붙인 나는 책도 구입하였고 점점 더 깊이 빠져들었다. 당시에 나는 천장이 바둑판으로 보일 만큼 열심이었다.

하루는 외박을 나갔다가, 기원에 들러 해가 지는 줄도 모르고 구경을 하는 바람에 아내와의 약속을 어기기도 했다. 그 정도로 바둑에 푹 빠졌던 말년 병장 때 희소식이 들렸으니, 새로 배치된 신병이 바둑의 고수라는 것이었다.

그는 스스로 4단이라고 말했다. 바둑 4단 기사를 실제로 본 것은 그때가 처음이었다. 4급도 쉽지 않은데 4단이라니, 일대 사건이 아닐 수 없었다. 나는 막 5급에서 발버둥을 치는 수준이었다. 그에게 간청을 거듭한 끝에 바둑판을 가운데 두고 마주앉게 됐다.

그날을 지금도 잊을 수가 없다. 원래 군대에서는 "사회에서 무엇을 했든 이등병은 꼭 이등병 짓을 한다"고 했다. 그도 다르지 않았다. 군 생활만 놓고 보면 한참 도와줘야 할 것 같이 모자라 보였다. 하지만 바둑판 앞에만 앉으면 달리 보였다. 정말이지 고수의 자태를 드러냈다.

그가 백돌을 잡고서 내게 "돌을 먼저 깔라"고 했다. 몇 수를 봐주겠다는 의미였다. 네 개의 흑돌을 놓으니 "더 까세요" 한다. 다시 여섯 개를 놓으니, 확 깔라는 것이다. 그래서 결국 바둑판에 내 돌을 새까맣게 깔고 바둑을 시작했다. 그런데 참 이상한 게 '아다리'(아타리, 바둑 용어로 단수를 친다는 의미)는 내가 많이 외쳤는데, 조금 지나면 내 대마는 다 죽고 마는 것이다! 기가 막히는 노릇이었다.

그렇게 바둑을 다 두고 나서 신병과 나는 복기를 했다. 수를 되짚어가면서 서로의 수를 배우는 것이다. 복기를 하던 신병이 내게 말했다. "병장님은 눈앞에 있는 것만 보고 아다리, 아다리 외치

시는데, 저는 한 수를 둘 때마다 전체를 개가하면서 두었습니다.”지금까지도 그 말을 기억한다.

　사람이 아무리 대단해 보여도 실상은 내일도 모르고 살아간다. 아니, 한치 앞도 보지 못하고 산다는 것이 더 정확하다. 저녁에 뉴스만 봐도 이 말이 실감된다. 교통사고가 날 줄 알았다면, 그 배가 침몰할 줄 알았다면. 그런 후회의 연속이 인생인 것이다.

　삶에는 우리가 할 수 있는 영역과 할 수 없는 영역이 분명히 있다. 중요하다고 생각되는 것일수록 우리가 할 수 있는 게 없다는 사실이다. 바둑으로 치면 정말 하수인 것이다. 언제 태어나서, 누구와 살다 언제쯤 죽을지 정확히 예측할 수 있는 사람이 어디 있을까.

　나는 기독교인으로서 하나님께서 정해주신 길을 믿음으로 걸어갈 뿐이다. 그저 부끄럽지 않으려고 발버둥치는 것 외엔 할 게 없다. 하지만 내가 하수일지언정 내가 믿는 하나님이 ‘고수’라는 것은 분명히 안다. 감사하게도 그것이 내 자존심이다.

추억1 | 나파벨리

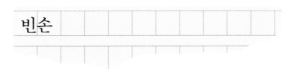

빈손

어느 스님의 글에서 인상 깊은 내용을 보게 되었다. 사람답게 살기를 원한다면 적어도 세 가지를 조금은 부족하게 살아야 한다는 말이었다. 그 세 가지는 다음과 같다.

첫째, 입에 말이 적어야 한다. 맞는 말이다. 30년 가까이 목회를 하면서 수많은 사람을 만났다. 어떤 면에서 목회자에게 주어진 최고의 특권이자 복은 많은 사람을 만날 기회가 주어진다는 것이다. 그런데 경험에 비추어 볼 때 말 많은 사람치고 괜찮은 사람을 많이 보지 못했다.

둘째, 위에 밥을 적게 넣어야 한다. 탐욕과 탐심을 경계하라는 말이다. 아침 먹고 돌아서면 점심 시간이 된다. 대부분의 직장인은 12시가 되면 오전 일을 마친다. 그러니 아침에 먹은 음식이 소화되기 전에 또 밥을 먹는 식이다. 꽤 많은 시간을 먹는 데 사용한다고 해도 과언이 아니다. 그런데다 더 많이 먹으려고 애를 쓰기도 한다. 많이 먹으려는 욕심은 현대인에게 여러 질병을 가져다 주었다.

마지막으로, 머리에 일을 적게 넣어야 한다. 어차피 다할 수도 없는 일로 조바심을 내고, 스트레스에 시달리고 있다. 마치 일중독 같다. 어쩌면 우리가 사람답게 살기 위해서는 가져야 할 것과 버려야 할 것을 잘 구별해야 하는 것일지도 모른다. 주변 분위기에 휩쓸려 정작 내게 중요하지 않은 일에 몰두할 때가 너무 많기 때문이다.

은퇴를 하고 서울을 떠나기로 마음먹고 짐을 정리하기로 했다. 제일 먼저 책 정리부터 들어갔다. 평생 모아온 책을 어떻게 정리할까. 정말 큰 숙제였다. 교회 성도를 위한 작은 도서관을 만들고 2천여 권을 골라 기증했다. 아내는 옷과 그릇을 정리했다. 정리를 하면서도 우리 속에 똬리를 튼 '욕심'이 문제였다. 움켜쥔 손을 펴면 삶이 훨씬 가벼워지는데 왜 그 쉬운 일조차 잘 못하는 것일까.

돈이란 것도 써야 내 것이지, 은행에 두기만 한다고 내 것이 아닌데 말이다. 사육신 중 한 명인 성삼문(1418~1456)은 "황천길 무일점이라는데 오늘 밤 어디서 쉬어갈꼬"라는 말을 남겼다. "죽고 나면 더 이상 돈 쓸 주막이 없는데 움켜쥔들 무슨 소용이 있겠는가"라는 뜻이다.

염을 해보면 망자는 누구든 손을 편다. 주먹을 쥐고 있으면 염을 하는 사람이 펴준다. 죽으면 누구나 손을 활짝 펼쳐야 하는 것이다. 살아서 아무리 움켜쥐어도 소용이 없다.

멈춰서 보는 하늘

처음 자전거를 배울 때 생각이 난다. 누구나 그랬겠지만 설레었고 조금은 두려웠다. 넓게만 보이던 학교 운동장에서였다. 기억이 틀리지 않았다면 국회의원을 뽑는 지방선거일이었다. 어른 자전거를 배우고 싶다며 막무가내로 조르는 내 고집에 아버지는 당신의 자전거를 탈 수 있는 기회를 주셨다.

짧은 다리로 페달을 밟겠다고 엉덩이를 씰룩거리면서 발을 굴렀다. 자전거 뒤를 잡고 외치는 아버지의 구령에 맞춰, 앞도 제대로 못 보고 땅만 보며 밟았다. 그리고 어느 순간 아버지는 손을 놓으셨다. 하지만 나는 넘어지지 않았다. 그렇게 원했던 두발 자전거를 타고 있었던 것이다. 걱정스럽게 바라보는 아버지를 뒤로 하고, 부러운 눈을 떼지 못하는 친구들을 의식하면서 힘차게 앞으로 나갔다.

그렇게 신이 나서 자전거를 타다가 문득 깨달았다. 나는 자전거 멈추는 방법을 몰랐다. 두려움이 엄습해 왔다. 순간 기쁨은 사라지고 앞이 캄캄했다. 브레이크를 잡자니 쓰러질 것만 같고, 자전거를 버리고 뛰어내리자니 그 또한 망설여졌다. 여러 생각으로 갈팡질팡하던 나는 철봉대를 들이받고서야 멈출 수 있었다. 아픈 건 둘째고 너무나 창피했다. 방금 전까지 금세 자전거를 배웠다며 기고만장했기 때문이다.

아버지의 외침과 친구들의 비웃음 소리에 가슴은 벌렁거렸다. 땅바닥에 팔자로 누워 모든 것을 체념한 채 하늘을 봤다. 내가 넘어진 것과는 별개로 너무나 푸르고 푸른 하늘이었다. 제대로 멈추었다면 더 기쁜 마음으로 봤을 테지만 상관없었다. 넘어졌더라도 그때 본 하늘은 너무나 위로가 되었다.

요즘도 하늘 보는 것을 참 좋아한다. 현재 살고 있는 제주도도 하늘이 아름답기로 유명하다. 특히 일몰이 너무 멋지다! 아내와 함께 하늘을 바라보노라면, 처음 자전거를 배우던 날 넘어져서 본 하늘, 그때의 하늘이 생각나곤 한다. 자전거에서 넘어져도 하늘은 푸르렀다. 더한 일을 당해도 하늘은 여전히 푸르다. 비가 올 때가 있지만, 결국은 푸르다. 마치 하늘은 원래 푸른 것이라고 말하는 것처럼 말이다.

우리는 하루에 몇 번이나 하늘을 쳐다볼까. 다람쥐 쳇바퀴 돌듯 사는데 굳이 하늘을 볼 필요가 없을지도 모른다. 하지만 사는 모양, 처해진 상황이 다 달라도 우리에게 주어진 푸른 하늘은 같다. 누구나 푸른 하늘을 올려다볼 기회가 있다. 간혹은 넘어지기 전에 스스로 멈춰 서서 하늘을 보길 권한다.

당신의 삶에 하루 한 번이라도 하늘을 바라볼 수 있는 시간적 여유를 주는 건 어떨까. 당신에게 그 정도의 여백을 허락하는 건 무리인 걸까. 당신은 충분히 그런 여유를 누릴 자격이 있다.

행복1 | 높은 가을 하늘 아래

여백이 있는 깨끗한 마무리

제주도 오름은 여백의 미를 보여주는 최고의 걸작이다. 뻥 뚫린 하늘과 시시각각 변하는 구름, 그리고 나지막한 언덕과 바람에 춤추듯 휘날리는 억새. 아침에 물안개가 붓질을 하면 시간마다 색이 달라지고 계절마다 다른 분위기를 드러낸다.

김영갑 사진가는 하나의 오름을 담기 위해 천 번의 사진을 찍었다고 한다. 이청리 시인의 시처럼 우리 인생도 "물안개로 그려야 할 그림"일지 모른다. 제주도 오름이 여백이 있어 아름답듯이 우리 삶도 마찬가지일 것이다.

다시 그림을 시작하고 나서의 첫 작품이다. 제주 오름을 꼭 그리고 싶었던 소원을 이룬 것이다. 물론 처음이라 어설프기 짝이 없지만 그래도 이 작품을 가장 사랑한다. 흰 눈이 덮인 용눈이오름은 하늘과 땅이 구별이 없고 여백이 크기 때문에 더 아름답다.

이제껏 살면서 소망이 하나 있다면 깨끗하게 살다 깨끗하게 끝내는 것이었다. 젊은 나이에 담임목사로 부름을 받았다. 지금 돌이켜보면 어리고 경험도 부족했던 내가 무슨 설교를 했었나 싶다. 얼굴이 다 화끈거린다.

어머니 연배인 권사님들은 나를 '우리 젊은 종'이라 불러주셨다. 실상은 어린 종이었을 것이다. 그때의 젊음은 앞만 보고 달리게 하였다. 내 아이들은 아빠를 집이 아닌 교회에서 만날 때가 많았다. 첫 안식년 때 가족의 소중함을 깨우치지 않았다면, 내 삶은 훨씬 더 황폐해졌을 것이다. 그때 나는 삶의 여백을 만들었다.

첫 안식년을 마치고 돌아오면서부터였다. 은퇴의 시기와 방법을 고민했던 것이. 어떻게 해야 가장 깨끗할까를 나름 치열하게 고민했다.

그리고 60세에 은퇴하기로 결정했다. 70세면 새로운 일을 하기에도 너무 늦고 다른 사람과 어울리기도 어려울 것 같았다. 조금이라도 젊을 때 은퇴해야 100세 시대를 준비할 수 있을 것 같아 조금 이르다고 할 수 있는 60세 은퇴를 마음먹었다.

이청리 시인의 시구처럼 인생이 "물안개로 그려야 할 그림"이라면 너무 힘을 줄 것도, 움켜쥘 것도 없다. 더한다고 대단할 것도, 일찍 끝낸다고 아쉬울 것도 없다.

내게 남은 가장 중요한 일은 남은 삶을 어떻게 살아가느냐 하는 것이다!

추억2 | 첫눈. 눈이 내린 날 용눈이오름을 처음으로 그렸다.

헛되고 헛되니

"전도자가 이르되 헛되고 헛되며 헛되고 헛되니 모든 것이
헛되도다"_전도서 1:2

이 유명한 성경 구절은 솔로몬의 고백이다. 솔로몬은 이스라엘
역사상 가장 존경받는 왕 다윗의 아들로 태어나 왕위에 올랐다. 요
즘 말로 금수저였고, 한 번도 실패했다는 기록이 없다. 자신은 실수
했을지언정 그것이 실패로 나타난 일은 없었다.

그의 삶은 높고 밝게 빛났다. 자신의 집을 짓는 데 13년을 들
였고, 황금과 상아로 만든 보좌에 앉았다. 우리 같은 사람은 한 분

모시기도 힘든 처첩을 천 명이나 거느리고 살았다니 상상이 불가능하다. 그는 젊은 시절 다음과 같이 고백했다.

"무엇이든지 내 눈이 원하는 것을 내가 금하지 아니하며 무엇이든지 내 마음이 즐거워하는 것을 내가 막지 아니하였으니 이는 나의 모든 수고를 내 마음이 기뻐하였음이라 이것이 나의 모든 수고로 말미암아 얻은 몫이로다"_전도서 2:10

어떻게 자기 눈이 원하는 것을 다 갖고 마음이 원하는 것을 다 하며 살 수가 있을까. 하지만 솔로몬은 그렇게 했다. 지혜도 뛰어나서 3천 개의 잠언과 수많은 시를 남겼다. 하지만 그가 마지막으로 살아온 인생길을 돌아보며 남긴 첫 말은 "헛되다"는 것이었다.

'헛되다'는 말은 '입김'이라는 단어에서 왔다고 한다. 추운 겨울 손이 시려 '호~' 하고 불면, 포물선을 그리며 사라지는 그 하얀 입김을 의미한다. 금세 사라지는 모습이 부질없다는 생각에서 '헛되다'는 말이 생겨난 것이다.

우리는 솔로몬이 가졌던 것 중 하나라도 누려보기 위해 365일 하루 종일 일하는데, 그 모든 게 '입김'과 같다고 한다. 그가 이런 고백을 남긴 건 자신처럼 허무를 향해 가는 사람들을 경계시키기 위한 간절한 염원이 아닐까 싶다.

한때 '냉장고 파먹기'가 유행했다. 냉장고에 뭐가 있는지 자신들도 모르는 게 우리의 현실이다. 냉장고에 있었던 식재료만으로 한 달을 살았다는 한 자매의 얘기를 들으며, '행복은 얼마나 채웠느냐가 아니라 얼마나 누리느냐에 달렸음'을 다시금 깨달았다. 제대로 누리기 위해서는 비워야 한다. 소비가 아니라 삶에 여백을 만드는 것이다.

천천히 가자. 늦어도 상관없다. 어차피 다할 수 있는 것도 아닌데 옆도, 뒤도 돌아보자. 그리고 가끔은 하늘도 쳐다보자. 시시때때로 바뀌는 하늘이라는 화폭을 보라. 우리는 머리 위에 최고의 미술관을 이고 산다.

아침에 눈을 뜨면 할 일을 떠올리지 말고, 안 해도 될 일부터 빼라. 삶이 더 여유로울 것이다!

흑인의 기념탑

남아프리카공화국 프리토리아(Pretoria) 언덕에는 웅장하고 아름
다운 기념탑이 세워져 있다. 말은 기념탑이지만, 실상은 기념박물
관이 더 정확한 표현이다.

외부 벽에는 백인이 처음 남아프리카에 상륙했을 때 원주민인
줄루족과 벌였던 전쟁 과정을 부조로 만들어 놓았다. 내부 벽에도
그들의 삶과 전쟁, 그리고 오늘날까지의 남아공 역사가 조각되어
있다.

기념탑에서 가장 인상 깊은 곳은 내부 천장이다. 기념탑 천장
한 가운데 구멍이 뚫렸는데, 연중 하루인 12월 16일에만 그 구멍을

통해 빛이 들어온다고 한다. 그날이 바로 백인이 원주민을 이기고 승리한 날이다. 결국 백인의 침략을 기념하기 위해 만든 작품이다.

남아공 최초로 흑인 정부가 들어서고 세계 최초로 흑인 대통령 넬슨 만델라(1918~2013)가 선출됐을 때다. 만델라 정권의 화두가 이 기념탑이었다. 흑인의 입장에서 본다면 이 건축물은 당장 부쉬야 하는 탑이었다. 하지만 만델라는 그렇게 하지 않았다. 기념탑을 아픔의 역사를 나타내는 증거로 두자고 국민을 설득했다.

오랜 시간 둘로 나뉘어 고통받았던 땅에서도 이해와 배려가 있는데, 요즘 우리나라의 흑백 논리는 너무 험악하다. 나와 다르면 쉽게 적이 된다. 다름과 틀림을 구별하지 못하고 서로 억지 주장을 편다. 그러니 우리 사회에 보이지 않는 벽이 점점 더 많아진다. 지역 사이에, 세대 사이에, 이제는 생각 사이에도 벽이 생겼다.

로버트 프로스트(Robert Frost)의 시 「The Road Not Taken」처럼 삶은 끝없는 선택의 연속이고, 어떤 선택을 하든지 "오랜 세월이 지난 후 어디에선가 한숨지으며 이야기할 것"이다. 각자가 지금

옳다고 열을 올릴 필요가 없다. 한 발자국만 물러서서 한 번씩만 더 생각해 보면 답이 있다.

프리토리아 기념탑을 보고 나오는데, 학생으로 보이는 흑인 청년이 벽을 유심히 보고 있었다. 순간적으로 저 청년은 백인의 기념탑을 보며 무슨 생각을 할까 싶었다. 호텔로 돌아오는 내내 그것이 궁금했다. 그리고 백인의 업적을 위해 세워진 기념탑을 부수지 않고, 똑바로 바라보는 길을 선택한 흑인이 더 멋있다는 생각이 들었다. 백인들이 세운 기념탑이었지만, 흑인들은 평화를 선택함으로써 그것을 빼앗은 것이다.

기도

인생의 전체 모습은 삶이 끝나기 전에는 알 수 없다.

우리의 마지막과 함께 인생이라는 전체 그림은 완성될 것이다.

그리고 사람들은 말할 것이다.

"그의 인생은 아름다웠다."

나는 우리의 인생이 아름답기를 소망한다.

4
장

하늘, 바람, 그리고 우리

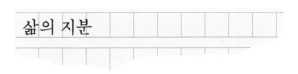

삶의 지분

경주 최 부자 집안에서 내려오는 유명한 가훈이 있다.

"사방 백 리 안에 굶어 죽는 사람이 없게 하라."

더 유명한 건 최 부자 집이 가훈을 착실하게 지켰다는 사실이다. 흉년에는 반드시 곡식을 나누어 굶어 죽는 사람이 없게 했다.

유감스럽게도 우리나라는 OECD 국가 중 자살률이 13년째 1위다. 굶어죽는 사람은 막았으나 '자살하는' 사람을 구하지 못하고 있다. 그나마 위안은 2011년부터 자살자 수가 줄어들고 있다는 사실이다. 자살자 수가 2011년 1만 5609명에서 2015년 1만 3513명으로, 4년 동안 6천여 명이 줄었다고 한다. 다행스러운 일이 아닐 수 없다.

우리나라는 2012년 '자살예방 및 생명 존중 문화 조성을 위한 법률'을 시행했다. 국가가 자살 예방에 적극 나서고 사회에 '생명 존중 문화'를 만들겠다는 의지를 천명했다. 이런 노력이 결실을 맺은 건지 모르겠으나 실제로 자살자 수가 많이 줄었다.

한번은 자살예방 캠페인으로 걷기 대회를 한 적이 있다. 아침부터 현수막도 달고 부스도 꾸미며 바쁘게 준비를 하고 있는데, 한 여자가 현수막 옆에서 울고 있었다. 알고 보니 불과 며칠 전 한강에서 자살한 사람의 어머니였다. "이런 행사를 며칠만 일찍 했어도 우리 애가 죽지 않았을 텐데"라고 통곡하시는데 그 고통이 전해져 왔다.

인생은 누구에게나 예외 없이 힘들고 어렵다. '금수저'를 들었다고 인생이 쉽기만 할까.

행복2 | 만추

막내가 예전에 자신이 '흙수저' 같다고 말한 적이 있다. 이유를 물으니 피아노 전공자 중에 피아노가 없는 집은 자기가 유일하다는 것이다. 그러고 보니 막내가 피아노를 전공하는데도 피아노를 사줄 생각을 못 했다. 대학 입시 때도 피아노를 빌려서 썼다. 나는 멋쩍게 웃으며 "그래서 네가 대학에 들어간 거야. 헝그리 정신이 중요해"라고 말했다. 그 애는 지금도 집에 피아노가 없어 학교 연습실에서 산다.

모든 것을 다 갖추어야 성공한다고 생각하진 않는다. 그리고 한 번의 성공이 영원한 성공을 보장하지 않는다. 반대로 한 번 실패했다고 영원한 실패자가 되는 게 아니다. 인생은 생각보다 길다. 슬픔과 기쁨은 공존하기 때문에 언제든 다시 기회가 온다. 중요한 것은 오늘 하루 최선을 다하는 것이다.

시작도 끝도 보장할 수 없는 게 인생이다. 우리가 다 선택할 수는 없다. 함부로 마침표를 찍어서도 안 된다. 삶이 오롯이 자신의 소유 같겠지만 부모에게도 지분이 있다. 형제자매와 친구들에게도 본인 인생의 지분이 있음을 잊어서는 안 된다. 따지면 우리는 여러 사람이 소유권을 나눠 가진 주식회사다. 신이 "그만"을 외칠 때까지 살아 있는 것이 우리의 할 일이다.

자살은 그 가족과 지인에게 씻을 수 없는 죄책감과 고통을 안겨준다. 주변 사람들에게 본인 죽음의 책임을 묻는 일이다. "너 때문에"라고 말하는 것과 다름없다.

어떤 것도 자살의 이유가 될 수 없음을 잊지 말아야 한다. 그리고 우리가 서로 삶의 지분을 나눠 갖고 있다는 사실도 기억해야 한다.

변하면 좋은 것과 변하면 안 되는 것

2000년이 시작될 때 화두가 됐던 단어는 단연 '변화'였다. 대기업의 한 CEO는 "변하지 않으면 죽는다"면서 "마누라와 자식 빼고 다 바꾸라"고 지시했다는 유명한 일화가 있다. 그러나 십수 년이 지나자 '변화'에 새로운 단어가 하나 추가되었다. 바로 '속도'다. 이제는 '변화'가 아니라 얼마나 빨리 변하냐가 문제인 속도전이 주목받고 있다.

미래학자 엘빈 토플러(Alvin Toffler, 1928~2016)는 『부의 미래』(청림출판)에서 속도 경쟁을 고속도로를 달리는 자동차에 비유했다.

시속 100마일로 가장 빨리 달리는 자동차는 '기업'으로 가장 빨리 변하는 집단이었다. 그리고 두 번째는 시속 90마일로 달리는 시민 단체, 마지막으로 시속 60마일의 가정이었다. 가정도, 결혼 제도도 결국은 변하고 있다는 얘기다. 그의 예측은 꽤 정확했다. 세상은 계속 변하고 우리는 그것을 막을 수 없다. 그래서인지 세대 간의 간극도 점점 더 벌어지고 있다.

대표적으로 젊은이들의 가치관이 눈이 띄게 변했다. 거리나 대중교통 안에서 젊은이들의 애정 표현은 신기할 정도로 자유롭다. 옆에 자리가 있음에도 불구하고 남자의 무릎에 여자가 앉아 얼굴을 맞대고 있는 모습을 본 적도 있다. 그 모습을 본 한 어른이 돌아서며 말하길, "말세야, 말세!"

하긴 유럽을 여행하다 보면 이런 커플들을 어렵지 않게 만날 수 있다. 우리나라 젊은이라고 그러지 말라는 법이 어디 있겠는가. 나도 색안경을 벗고 보려고 노력한다. 하지만 아무리 세상이 변하고, 또 변해야 살 수 있다고 해도 변하지 말아야 할 것도 있게 마련이다.

사적인 애정 표현을 굳이 공공장소에서 할 필요가 있나 생각해 볼 문제다. 심지어 '선 동거, 후 결혼', '임신이 혼수'라는 말도 공공연히 한다. 간혹은 많이 당혹스럽다. 우리 사회가 이 정도로 변했나, 정말 이래도 되나 싶은 게 솔직한 심정이다.

서구화도, 현대화도 기본이 무너지지 않는 선에서 좋은 것이다. 만약에 누군가 내게 '꼰대 짓'이라고 비난한다면 얼마든지 받아들일 용의가 있다. 모든 사회에는 결코 변해서는 안 되는, 지켜야 하는 윤리와 도덕이 있는 것이다.

부모와 자식, 스승과 제자, 어른과 젊은이 사이에는 최소한의 예의와 질서를 지켜야 한다. 기본을 지키는 것이 사회를 건강하게 만드는 힘이라고 믿기 때문이다. 기본은 별거 아니다. 유치원에서 배우는 정도만 지키면 된다.

싱가포르에 방문할 때마다 눈여겨보게 되는 것이 그들의 질서 의식이다. 어떻게 이런 깨끗하고 정직한 나라를 만들었을까 하는 궁금증을 갖는다. 결론은 의외로 간단하다. 유치원에서 배운 것들을 잊지 않고 실천하는 것뿐이다.

정해진 신호를 지키고, 아무데나 쓰레기를 버리지 않고, 남의 것을 훔치지 않고, 거짓말을 안 하는 등 우리도 다 아는 것들이다. 말 그대로 상식이다. 유치원에서 배운 상식들, 그것들은 세상 변화와 무관하게 지켜야 하는 것들이다. 대수롭지 않은 일이지만 우리 모두를 행복하게 만드는 일이기 때문이다.

다윗의 별

솔로몬은 다윗이라는 가장 위대한 왕 중 하나를 아버지로 두었고 많은 것을 누린 인물이었다. 전쟁 한 번 없이 이스라엘 역사상 가장 넓은 영토를 다스렸고 눈과 마음이 원하는 모든 것을 가졌다. 하지만 그가 말년에 한 고백은 "헛되고 헛되니 모든 것이 헛되다"였다.

많이 가질수록 좋다는 현재의 가치관으로 보면, 솔로몬의 삶은 분명 "끝내주고 끝내주니 모든 것이 끝내주는" 것이어야 한다. "다시 태어나도 이대로만"이라고 고백하는 게 맞지만, 그는 "모든 게 헛되었다"고 고백했다.

　　이스라엘 국기에는 육각형의 별이 그려져 있다. 일명 '다윗의 별'로, 이스라엘인들은 국기에 새길 만큼 다윗을 무척 사랑한다. 그가 바로 솔로몬의 아버지다. 그는 평생을 전쟁터에서 죽음의 고비를 넘기며 도망자로 살았다. 장인인 사울 왕으로부터 죽음의 위협을 당했고, 사랑하는 아들 압살롬에 의해 쫓겨 도망가기도 했다. 그런 다윗이 인생을 마감하며 남긴 말은 "내 잔이 넘치나이다"였다. 자기 인생에서 받은 은혜가 족하다 못해 넘쳤다는 고백이다.

다윗이 왕이었기 때문에, 화려한 궁중 생활로 인해 그런 고백을 할 수 있었다고는 생각지 않는다. 그보다 솔로몬은 더 많은 것을 누렸지만 정반대로 "헛되다"고 고백했다. 다윗의 고백은 자신이 하나님으로부터 온 것처럼, 자신이 누린 모든 것 또한 하나님으로부터 왔다는 실존적 자아 인식에서 나온 것이다. 삶이 소풍이었다는 천상병 시인의 고백과 같은 맥락이라고 볼 수 있다. 하나님의 인도로 평생을 살았던 사람들의 고백인 것이다.

굳이 채우지 않아도, 움켜쥐지 않아도 "족하다"는 고백.
행복은 채우는 것에 있는 게 아니기 때문이다.

가장 소중한 것은, 결국 사람

사람들은 세상 살기가 그 어느 때보다 힘들다고 말한다. 물론 삶이 힘들고 어려운 이유야 한두 가지가 아니겠지만, 가장 첫 번째로 꼽는 게 '사람'이다. 사람 때문에 사람이 살기 힘들다니 참으로 슬픈 말이다.

"평창 동계 올림픽은 과연 성공할 수 있을까?" 많은 염려가 있었다. 특히 남북 관계와 날씨가 성패의 관건이라고 말했다. 그런데 시간이 지날수록 문제는 환경이나 조건보다는 사람에 집중되는 것 같았다. 외신들이 주목한 것은 특히 '악플 올림픽'이었다! 온갖 욕설과 인신 공격이 온라인상에 난무하는 모습. 캐나다 정부는 국가 차원에서 자국 선수를 보호해야 하며, 이를 위해 공권력까지 동원하겠다고 나서기도 했다. 결국 사람이 문제였다.

다른 모든 상황이 완벽해도 '사람 문제'는 녹록치 않은 것이다. 가장 심각한 건 사람의 존재 가치를 깨닫지 못하는 데서 온다. 사람을 존중하지 않으면 아무리 환경이 바뀌고 조건이 달라져도 살기 좋은 세상은 오지 않는다.

기회가 된다면, 디지털 마케팅 전문가인 빌 비숍(Bill Bishop)의 『관계우선의 법칙』(경영정신)에 나오는 짧은 이야기 '론과 밀턴의 이야기'를 살펴보라.

나는 여기 나오는 낡은 배가 꼭 '사람'같다고 생각한다. 가치를 알아주고 최고로 대우하면, 대가는 반드시 오기 마련이다. 더 중요한 건 나보다 다른 사람의 가치를 인정하는 것이다. 배를 이용하는 사람들을 위해 배를 고친 밀턴처럼 말이다.

또 다른 사람의 가치를 알기 위해선 자신의 소중함을 먼저 알아야 한다. 자신을 소중히 여길 줄 모르는데 어찌 다른 사람의 가치를 알겠는가. 내가 행복하지 않은데 누굴 행복하게 할 수 있을까.

나는 아직도 아침마다 면도하기 위해 거울 앞에 선다. 그때마다 감격하며 내뱉는 말이 있다.

"오, 아름다운 얼굴이여! 그대는 세상에 하나뿐인 존재로다!"

부디 오해가 없길 바란다. 내 외모가 아름답다는 말이 아니다. 세상에 하나밖에 없는 존재이기 때문에 '귀하고 아름답다'는 얘기다. 모든 보물은 희소성이 전제가 된다. 그래서 하나뿐인 우리 자신이 보물이 되는 것이다.

얼굴만 봐도 얼마나 기가 막히게 구성돼 있는지 모른다. 이목구비가 모두 다른 76억 명의 사람이 지구촌에 살고 있다니, 얼마나 놀라운가. 일란성 쌍둥이조차 똑같지는 않다고 하니 신묘막측이 따로 없다.

기억하자. 자신의 존재 가치를 알 때 비로소 다른 사람의 가치가 보인다. 그리고 사람의 가치를 알아야 일보다 관계가 우선이라는 걸 알게 된다. 이것이 진정 성공한 인생을 사는 비결이자 행복의 시작이다.

소망1 | 그럼에도 불구하고

봄비

아내와 내가 유별나게 좋아하는 것이 몇 가지 있는데, 그중 하나가 봄비다. 연애를 할 때도 우리는 비 오는 날을 그냥 지나친 적이 없었다. 육십이 넘은 지금까지도 여전하다. 비가 오면 우리는 우산을 쓰고 밖으로 나간다. 재래시장에 있는 단골 칼국수집이나 단골 카페에 간다.

가난했던 어린 시절에도 나는 키가 컸다. 키만이 아니라 덩치도 컸다. 그래서인지 먹고 돌아서면 배가 고팠다. 아버지가 사업에 실패한 이후 어머니는 칼국수를 자주 만드셨다. 어머니께서 돌아가시기 전에 내가 어려서 "엄마, 칼국수라도 좋으니 제발 많이만 주세요"라고 얘길했다면서 우셨던 기억이 난다. 어머니에게는 아픈 기억이지만 어린 시절 자주 먹어서 그런지 나는 아직도 칼국수를 좋아한다.

또 비 오는 날 단골 카페에서는 커피를 시켜놓고 누구를 기다리는 것처럼 하염없이 창밖만 내다본다. 비가 오는 모습이 너무 행복하기 때문이다. 유리창에 부딪치는 빗방울도 아름답고 빗소리도 정겹다. '똑똑' 떨어지면 왈츠 같고, 쏟아지면 오케스트라 같은 빗소리.

어릴 때는 우산도 없이 비를 맞으며 동네를 뛰어다니기도 했다. 얼굴을 타고 흐르는 빗물을 무슨 보약처럼 빨아먹기도 했다. 내 기억에는 빗물이 아주 달았다. 비에 젖어 들어가면 혼이 났지만 다음에도 비가 오면 또 맞았다.

저녁부터 내리기 시작한 비가 아침까지 이어진 날이었다. 우리 부부는 책을 들고 교회 서재로 향했다. 내가 글을 쓰는 사이 아내는 시장에서 김밥과 커피를 사왔다. 함께 먹고 마시다가 내가 제안을 했다. "여보, 우리 비도 오는데 양평에 가자!"

우리는 용문산 기슭에 작은 시골 마을 카페에 앉아 커피를 시켰다. 창 앞에 우두커니 앉아 시간을 보내다 설렁탕 한 그릇씩 먹고 돌아왔다. 우리에게는 비가 오는 것만으로 큰 즐거움이다.

내가 좋아하는 비를 아내도 좋아해서 행복하다. 특히 봄비가 좋다. 당신도 비가 내리는 날에는 일을 멈추고 밖으로 나가보길 추천한다. 나갈 수 없다면 빗소리에 귀를 기울여보길. 매일이 바쁜 당신에게 근사한 일탈이 되어줄 것이다.

인생의 버팀목

고등학교에 입학한 지 보름 만에 나는 집에서 쓰러졌다. 눈앞이 칠
흑처럼 어두워지더니 순간적으로 정신을 잃었다. 눈을 떠 보니 입
에서 피가 쏟아지고 있었고 하혈도 했다. 그때부터 병과 싸우기 시
작했고 1년 후에 휴학 처분이 내려졌다.

그렇게 시작된 나의 투병기는 고등학교를 졸업하고도 계속되
었다. 가난한 형편이었지만 막내아들을 살리겠다고 뛰어다니시던
어머니의 모습을 나는 잊을 수가 없다.

휴학 중 삶의 회의에 빠져 있던 나는 염세주의 철학자들에 매

료됐다. 그리고 어느 날 혼자서 바닷가로 나갔다. 죽으면 모든 것이 끝나는 인생 이렇게 살 필요가 있을까 싶었다. 지금 죽으나 더 살다 죽으나, 결국 죽음은 끝인데 굳이 험한 인생을 사는 것이 무슨 의미가 있을까. 삶의 허무가 나를 죽음으로 내몰았다.

인적 없는 캄캄한 새벽에 바다를 내려다보는데 달이 비치는 것이 아니라 고달픈 어머니 얼굴이 그 위에 일렁거려 차마 뛰어들 수 없었다. 멍하니 섰다가 결국 돌아섰다.

세상의 모든 어머니가 그렇겠지만 나의 어머니는 우산이었다. 비록 한글을 제대로 쓰지 못하셨어도 자식 사랑으로는 열 박사 안 부러울 정도로 정통하신 분이었다.

세 번의 신체검사 끝에 현역으로 입대했다. 어머니의 걱정은 보통이 아니었다. 논산 훈련소에서 자대 배치를 위해 이동하는데 멀리 한복 차림을 한 여성이 길가의 돌을 줍고 있었다. 중대 기수였던 나와 중대장이 그 모습을 보았다. 중대장이 뛰어가 알아보니, 아들이 훈련을 마치고 나오다 돌에 발이 걸릴까 염려돼 돌을 줍고 있었던 것이다. 그 여성이 내 어머니셨다. 이 일로 배려를 받은 나는 동기 중 가장 먼저 가족들을 면회하게 됐다.

또 한번은 시골집에 갔더니 어머니께서 바지를 입고 계셨다. 늘 치마만 입으시던 분이 바지를 입고 계셔서 연유를 물으니 조심스럽게 바지를 걷어 무릎과 종아리를 보여주셨다. 온통 멍 자국이었다. 자전거를 배우다가 그렇게 되셨다고 말씀하셨다. 환갑이 넘으신 분이 갑자기 자전거를 배우시다니.

어머니는 이사를 하신 후 교회가 멀어져 새벽기도를 가려고 자전거를 배우셨던 것이다. 택시를 타고 가려니 돈이 만만치도 않거니와 새벽에 택시를 찾기가 어려워 그러셨다고 웃으시며, "애야, 이제는 내가 자전거 선수란다" 하셨다. 항상 목회하는 아들을 위해 기도하시는 어머니의 정성으로 살았음을 실감했다.

어머니는 정말로 내 인생의 버팀목이셨다. 버팀목은 다른 것이 쓰러지지 않게 받치어 세우는 나무를 이른다. 말 그대로 뭔가를 세우기 위해 쓰이는 나무다.

한국의 어머니들을 표현하는 데 이보다 좋은 단어가 없다. 어쩌면 한국이 일제강점기와 전쟁이라는 이중고를 겪고도 이렇게까지 성장할 수 있었던 건 어머니라는 버팀목이 있었기 때문일 것이다. 모든 자식들의 버팀목일 뿐만 아니라 나라의 버팀목이다.

그림은 내 꿈

내 버킷 리스트 중 첫 번째가 바로 그림이다. 그림을 향한 욕구가 내면에 있다는 것을 나는 잘 알았다. 아내와 연애할 때도 간혹 그림을 그렸다. 그냥 눈에 보이는 곳에, 심지어는 냅킨에도 그림을 그리곤 했다. 그러나 결혼을 하고 목회를 하면서, 아이들이 하나둘 생기다 보니 그림은 욕심이었다.

본래 보는 것을 좋아했던 터라 그림을 그리지 않을 때는 사진으로 위안을 얻었다. 여기저기 묻기도 하고 관련 책도 읽으며, 필름 사진을 찍고 인화해 액자로 만들었다. 재미가 쏠쏠했다. 그러나 충분하지 않았다. 일상이 바쁘게 돌아가고 강의를 다니는 날이 많아 사진도 한계에 부딪쳤다.

쉰 중반이 넘어가던 어느 날 이대로는 안 되겠다는 생각이 들었다. 다른 건 괜찮은데 만약 그림을 시작해 보지도 못한 채 인생이 마감된다면 차마 눈을 못 감을 것 같은 두려움이 찾아왔다. 그래서 용기를 냈다.

물론 뭔가를 새로 시작한다는 것은 만만한 일이 아니었다. 그림에 투자하는 시간만큼 주변 관계나 일, 그리고 물질적인 면에서 어느 정도의 희생이 따를 수밖에 없기 때문이다. 그래서 실행에 옮기려면 절박함이 필요하다. 지금까지 쥐고 있던 것을 내려놓을 만큼의 절박함 말이다. 내게는 다른 무엇보다 절박함이 있었다.

하얀 도화지에 줄 긋기부터 시작했다. 한글을 처음 배우듯 차근차근 가로와 세로 줄을 그었다. 다음으로는 원구를 놓고 빛과 그림자에 대해 배웠다. 차례대로 한 걸음씩 걸어서 어느덧 6년이 지났다. 요즘은 구름을 많이 그린다. 하늘을 바라보는 것을 좋아했기에 자연스럽게 관심이 갔다. 시시각각으로 변해가는 구름을 보면 잡념이 사라진다.

기도1 | 시골 예배당

선생님의 권유로 개인전도 열었다. 부끄러웠다. 대중 앞에서 벌거벗는 기분이었다. 얼굴이 화끈거려 내 그림을 똑바로 볼 수가 없었다. 지인들에게 연락할 생각도 못 했다. 하지만 두 번째 개인전을 열며 마음이 조금 편해졌다. 주변에 알리고 많은 격려를 받았다. 꼭하고 싶었던 일을 하는데 부끄러워 숨길 일이 아님을 알았다.

지금은 없어진 프로그램이지만 유명 인사를 초대해 진솔한 얘기를 들어보는 프로그램이 있었다. 개그맨 이경규가 나와 얘기를 나누는데 사회자가 물었다. "당신은 이미 코미디언의 대부인데 왜 영화를 합니까? 사람들이 당신의 개그를 좋아하지만 영화는 웃음거리로 삼지 않습니까? 잘하는 걸 하면 되는 거 아닙니까?" 이경규가 말했다. "개그는 내 직업이고, 영화는 내 꿈입니다."

그림도 좋고 운동도 좋다. 살아 숨 쉬는 동안 꼭 하고 싶은 일이 있다면 해야 된다. 삶의 종착역에서 후회할 것 같다면 망설일 필요가 없다. 물론 대가는 지불해야 하지만 꼭 시작하길 응원한다. 정말 하고 싶었던 일이라면 하는 것만으로 이겨낼 힘이 샘솟기 때문이다.

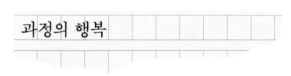

과정의 행복

살다 보면 이해도 안 되고 해석도 안 되는 사건을 만나게 된다. 드라마에나 있음직한 일, 뉴스에서나 접하던 일이 내 일이 될 때가 있다. 그때마다 우리는 외친다.

"왜 하필이면 나입니까?"

현대판 개미와 베짱이 이야기 이어령 선생님의 책『젊은의 탄생』(마로니에북스)에 나온다. 원래 이야기는 여름 내내 놀기만 하던 베짱이가 겨울이 오자 열심히 일한 개미를 찾아가 구걸한다는 내용인데, 현대판은 다르다.

개미는 뜨거운 태양 아래서 일하다가 추운 겨울이 되어 류마티스 관절염에 걸려 고꾸라진다. 반면 베짱이는 여름에 기타 치며 노래하다 낙엽이 지는 낭만의 계절에 음반을 내 히트 치고, 겨울 내내 잘 먹고 잘 산다. 물론 인생이 우화처럼 단순하게 전개될 수는 없다. 하지만 세상이 많이 변했음을 이 우화를 통해 실감한다.

착하고 바르게 살려고 애쓰는 사람은 힘들고, 자본을 갖고 고리 이자를 받는 사람은 호화롭게 산다. 개미처럼 성실했던 사람들이 수고의 대가를 누리며 살았으면 좋겠는데, 불의의 사고를 당하거나 뜻하지 않은 죽음을 맞을 때 이해가 되지 않는다. 신이 공평하다면 세상에 이런 일은 비일비재해선 안 된다고 외치고 싶을 때도 있다.

하지만 오래도록 잘 먹고 사는 게 곧 '성공'일까. 그 반대가 인생의 '실패'일까. 잘 먹고 잘 살지 못했으나 훌륭한 삶으로 칭송받는 경우를 우리는 많이 본다. 부자였지만 끝이 아름답지 못했던 경우는 더 많다. 화려함이 성패의 기준이 될 수는 없다.

추억 | 샌디에고

요즘은 '속도보다 방향'이라는 말을 많이 한다. 정말로 중요한 삶의 원리다. 행복은 속도나 결과가 아니다. 행복은 과정이다. 과정에서 줍는 열매가 곧 행복이다.

고등학생 아이들 대부분이 "현금 10억이라면 감옥에 갈 수 있다"고 답했다. 어떤 가족은 사업에 실패해 강남을 떠나야 하는 현실이 괴로워 집단 자살을 선택했다. 그들이 과정의 행복을 누렸다면 그런 선택을 하진 않았을 것이다.

인생은 스스로 선택해서 시작한 것이 아니다. 그러나 바르고 제대로 사는 것은 선택할 수 있다. 그것이 우리 몫이다. 제대로 살기를 선택하는 일!

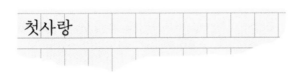

첫사랑

손경숙은 내 첫사랑이자 마지막 사랑이다. 연애부터 결혼까지, 내 인생에 여자는 손경숙뿐이었다. 흔히 첫사랑은 이뤄지지 않는다고 하지만 나는 행운아였다.

아내는 선생님 소개로 간 교회의 대학부에서 만났다. 교회가 모 여자대학 옆이라서 그 학교 학생들이 많았다. 숫기가 없던 나는 얼굴도 제대로 들지 못했다. 신앙생활도 처음이라 더 낯설었다. 몇 달이 지나 여학생들이 눈에 보였다. 그중에 유독 눈에 띄는 사람이 있었으니 유일하게 귀고리를 안 하고 화장기가 없던 여자였다. 목소리도 작고 잘 웃던 여자. 나는 그녀를 본 순간 '심쿵' 했다.

학창시절부터 허약했던 데다 삼수 끝에 대학생이 되었으니 미팅이나 연애는 꿈도 못 꿨다. 마음에 드는 여자가 있어도 먼저 다가갈 용기가 없었다. 멀리서 그저 바라보기만 할 뿐이었다. 내가 한 일이라고는 기도밖에 없었다.

"하나님 저 여자가 좋습니다. 그런데 용기가 나지 않습니다. 도와주세요. 지금까지 살면서 한 번도 여자를 보고 이런 마음을 가진 적이 없는데. 저 여자라면 평생 저 사람만 보고 살 수 있습니다!" 그렇게 기도는 계속됐다.

그런데 어느 날부터 그녀가 미팅으로 만난 남자친구와의 갈등을 들고 나를 찾아왔다. 그때의 기분은 말로 표현할 수 없다. 상담을 해주고 돌아와서는 기도할 수밖에 없었다. 그렇게 6개월이 지났을 때 희소식이 들렸으니, 그녀의 이별 소식이었다. 이얏호!

사실 내 주제에 연애 상담은 가당치도 않았다. 그저 그녀와 얘기하는 게 즐거워 말 들어주고 책 이야기를 나눴을 뿐이다. 문학 전공자였던 아내는 책 이야기를 좋아했다. 자연스럽게 같이 책을 읽고 이야기를 나누면서 함께하는 시간이 늘었고, 우리의 연애가 시작되었다.

우리는 명동에 있던 '필하모니'라는 클래식 음악 감상실을 자주 갔다. 클래식을 틀어주고 가끔은 라이브도 했다. 필하모니를 들렀다가 우리는 그녀의 기숙사까지 함께 걸었다. 대성리에 가서 찌개를 끓여 밥을 해먹고 돌아오기도 했다. 화려할 게 없는 연애였다.

올해 10월이면 결혼 36주년이 된다. 나는 아직도 아내가 좋다. 몇 해 전 아내가 캐나다에 있는 둘째 딸 집에 보름간 다녀온 적이 있다. 정말 사는 게 아니었다. 아내가 돌아오던 날 얼마나 좋던지 공항에 꽃을 사들고 마중을 갔다. 그때 '집사람이 있어야 집도 집답다'는 걸 깨달았다.

결혼은 해도 후회, 안 해도 후회라고 한다. 그런데 나는 '손경숙'을 놓쳤다면 평생 후회했을 것이다. "고독은 죽음에 이르게 하는 병"이라고 키에르케고르는 말했다. 나는 아내가 없었다면 죽음에 이르는 병에 걸렸을지 모른다..

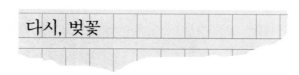

다시, 벚꽃

4월이 되면 곳곳이 벚꽃으로 물든다. 아파트나 공원마다 벚꽃이 넘친다. 바람 부는 날이면 벚꽃 잎이 흩날려 사람들의 마음을 뒤숭숭하게 만든다. 그런데 벚꽃은 목회자와는 친하지 않다. 벚꽃의 계절이 기독교에서 중요하게 여기는 사순절 절기와 겹치기 때문이다.

처음 신학교에 들어갔을 때다. 각오를 하고 입학 목전의 다른 학교까지 포기하고 왔는데 마음이 어려웠다. 신앙도 연약했고 신학교가 애초에 입학하려던 학교에 비해 초라해 보였다. 제대로 된 건물도 없고 비가 오면 신발은 진흙으로 뒤범벅될 정도로 길은 비포

장이었다. 학교 앞으로 가는 버스도 없어서 봉천동 언덕에 내려 일명 '헐떡 고개'를 넘어야 학교에 이를 수 있었다. 매일 아침저녁 고개를 넘는 일은 결코 쉽지 않았다.

고등학교 친구가 신학교를 갔다는 내 소문을 듣고 찾아왔다. 친구가 "그렇게 열심히 공부하더니 겨우 이런 학교 다니려고 그랬어?"라고 하는데, 장래에 대한 두려움이 엄습해 왔다. 이 학교 나와서 밥은 먹고 살 수 있을까. 온갖 잡다한 생각이 뒤섞였다. 수업 대신 학교 뒷산에 올라가는 횟수가 늘어났다. 그러다 '나는 목회자의 길을 갈 사람인가?'라는 근본적인 질문에 이르게 됐다.

그렇게 뒤숭숭하던 4월이었다. 벚꽃으로 세상이 물들 즈음 사순절 고난주간 예배와 금식기도회가 시작됐다. 가장 경건히 보내야 하는 시기에 철없던 나는 신학교를 벗어나 벚꽃 축제장으로 향했다. 당시 창경궁에서 벚꽃 축제가 열렸는데, 특히 야간의 벚꽃 풍경은 장관이었다. 아내와 나는 창경궁으로 갔다.

속으로는 "목회자가 되기를 원하신다면 나만이 알 수 있는 증거를 달라"는 말도 안 되는 객기를 부리고 있었다. 아내는 내가 속으로 무슨 생각을 하는지도 모르고 행복해했다. 그리고 화려한 벚꽃을 구경하는 청춘들 사이에서 다리를 다치고 말았다. 걷지도 서 있지도 못했다. 어마어마한 인파 속에서 난감한 상황이었다. 흩날리는 벚꽃을 맞으며, 행복한 청춘들 사이에서 나는 우두커니 서 있었다.

그날 이후 내 인생에서 벚꽃은 사라졌다. 벚꽃을 싫어했던 건 아니다. 다만 그날의 기억 때문에 벚꽃을 즐기는 일을 저어하며 지냈다. 올해는 사순절, 부활절을 지내고 아내와 강릉으로 벚꽃 구경을 갔다. 카페 주인은 육십 대 노부부가 손을 잡고 다니는 게 보기 좋았는지 아주 반갑게 맞아주었다. 집으로 돌아오는 동안 우리는 벚꽃을 보며 연신 감탄했다.

벚꽃이 다시 눈에 들어왔다. 이 벚꽃을 보려고 그동안 그렇게 내달렸나 싶었다. 그랬다고 해도 좋고 아니래도 좋다. 다시 벚꽃의 아름다움을 즐길 수 있게 돼 행복하다.

인생은 아름다워

로베르토 베니니 감독의 영화 「인생은 아름다워」(Life Is Beautiful, 1997)는 소위 말하는 내 '인생 영화'다. 「인생은 아름다워」는 나치의 유대인 학살을 다룬다. 배경과 스토리는 참혹하지만 제목은 그렇지 않다. 난센스와 같다.

1930년대 말, 로마에서 웨이터로 일하던 귀도는 초등학교 교사인 도라에게 첫눈에 반한다. 끈질긴 구애 끝에 결혼을 하고 아들 조수아를 낳는다. 하지만 2차 세계대전이 터지면서 불행이 닥친다. 유대인이었던 귀도가 아들과 함께 포로 수용소로 끌려가게 된 것이다. 유대인에게 포로 수용소는 곧 죽음이었다. 유대인이 아니었던 아내는 사랑하는 남편과 아들을 위해 수용소 행을 자처한다. 그렇게 세 가족의 수용소 생활이 시작됐다.

수용소에서 아내와 헤어지게 된 귀도는 아들을 지키기 위해 수용소 생활이 곧 '게임'과 같다고 거짓말을 한다. 아들의 동심을 지켜주기 위해 독일군 앞에서 우스운 행동을 하며 죽는 순간까지도 웃으려 노력한다. 귀도의 눈물겨운 희생으로 아들은 수용소 생활의 끔찍한 고통을 모른 채 엄마의 품에 안기게 된다.

영화가 끝나고 나는 얼마나 울었는지 모른다. 아내가 핀잔을 줄 정도였다. 가정이라는 소우주가 거의 붕괴돼 버린 우리 사회에 영화는 큰 울림을 준다.

독일 장교의 시중을 들던 귀도가 아내가 있는 여자 수용소를 향해 축음기 스피커를 돌려놓고, 마침 흘러나오던 '오펜바흐의 뱃노래'로 자신의 무사함을 알리는 장면은 정말 큰 감동이다.

또한 너무나 유명한 귀도의 마지막 장면도 빼놓을 수 없다. 독일군이 패전으로 철수하기 전 유대인을 학살하는 와중에 귀도는 아들에게 마지막 게임을 제안한다. 아침이 오기까지 숨어 있어야한다는 것이다. 하지만 결국 귀도가 독일군에게 붙잡히고, 아들이보고 있음을 아는 귀도는 장난처럼 아들의 시야에서 사라지며 아이를 안심시킨다.

엔딩 크레딧이 올라갈 때 '과연 인생은 아름다운 것일까?' 하는 의문이 들었다. 부부는, 가족은, 아버지는 무엇일까. 나도 저런상황에서 끝까지 가족을 지킬 수 있을까. 물리적으로 보호하는 것만이 아니라 그들의 마음까지 다치지 않게 지킬 수 있을까.

인생의 전체 모습은 삶이 끝나기 전에는 알 수 없다. 완성되지않은 것이다. 우리의 마지막과 함께 인생이라는 전체 그림은 완성될 것이다. 그리고 사람들은 말할 수 있다.
"그의 인생이 아름다웠다."
나는 우리의 인생이 아름답기를 소망한다. 우리의 아이들이선대의 인생이 아름다웠다고 말할 수 있기를 감히 바란다. 그래서하루하루 아름답게 보내기 위해 최선을 다할 것이다.

그리움2